転生薬師は
昼まで寝たい
1
クガ
[ill.] ヨシモト

トール

ユリー
エッボン
アライダ
フロレンツ

警戒せずとも、こちらから
危害を加える意思はない。
まずは話を聞いてもらえないか？
???

The reincarnated medicine man
wants to
sleep until noon.

CONTENTS

プロローグ

しばらくの微睡《まどろ》みを経て、目がはっきりと覚める。

時間を確認したら、もう昼前だった。今日もよく寝た。睡眠が十分に取れるのは若く健康な証拠だ。ベッドから出て、着替えを始める。着替えを終えたら、階段を下りて扉を開ける。

『相変わらず起きるのが遅いな。もう昼だぞ』

「長い人生、そんなに生き急いでどうするんだ？　良い頃合いに寝て、良い頃合いに起きる。素晴らしいことじゃないか」

『まったく、お主はまだ十代であろうに老人のような物言いではないか』

水色の体に目元と耳は茶色のハチワレ、エメラルドグリーンの瞳を持った図体《ずうたい》のデカい居候とのやり取りももう慣れたもんだ。そんな俺だが、元々この世界で生まれ育ったわけではない。

厳選したベッドで昼前までゆっくりと寝て、食べたい物を食べたい時に食べる。時には一晩中遊戯に明け暮れる。もちろん仕事はほどほどだ。こういうゆったりとした生活を送るまでに、かなりの紆余曲折《うよきょくせつ》があった。

ふっと頭をよぎる、この世界でのこれまでのいきさつ。かなり古い言葉になるが、元は日本で放送されていたドラマか何かだったかな？
思えば遠くに来たもんだ。

第一章　異世界への転生

一話　転生と状況の確認

気づくと、何かに浮かんで緩やかに押し流されているような感覚があった。なんだここは？　一体全体どうなっている⁇　何がどうなってこういう状態になっているのか、さっぱり思い出せない。

意識がはっきりしてきたので周りを見てみると、かなり巨大な、おそらくは直径が百メートル近くあるチューブ状の通路で、その中を何かの力でゆっくりと押し流されているようだ。ゲームが好きな俺としては、某悪魔合体ゲームの、とある経路のワープゾーンが頭に思い浮かんだ。

なんだこれはと自分の手のひらを見ると青い半透明状で、驚いて全身を見るとこれまた青い半透明。眼も半透明だとしたら物が見えるわけがないはずだが……。

おいおい、状況から考えると俺は死んで幽霊にでもなっているのか？　この巨大なチューブが三《さん》途《ず》の川《かわ》とか？　夢にしては意識がはっきりしすぎているし、これは現実なのか……。

周りをよく見渡すと、自分と同様に青い半透明状の人間のようなものが大量に漂っていて、すべて緩やかに同じ方向に流されている。ただ、俺のように周りをキョロキョロ見渡している者は皆無で、皆うつむいた状態で身じろぎもせず流されているように見える。

とりあえず、平泳ぎのようにジタバタしてみるが、流される速度や漂っている位置が変わったようには見えないので、どうやらどうしようもないようだ。

うーん、三途の川という概念があるなら、このまま進んでいくと成仏してラーメンが食べ放題、コーラが飲み放題の天国に行くんだろうか？　そんな悪いことをした記憶もないし地獄はないだろう、と思いたい。もしくは生まれ変わるとか？

色々思案していると、突然目の前に光り輝く巨大な手のひらが現れた。驚いてる暇もなく、その手のひらに全身を掴《つか》まれ、巨大なチューブから引き抜かれてしまった。

そのまま凄《すご》い勢いで引っ張られ続けること、体感で数十秒。引っ張られるのが収まったと思うと、手のひらが開かれた。おそるおそる周りや下を見てみると、巨大な両方の手のひらの上に俺を置いて掲げ上げていて、頭のような部分は平伏している。手のひらでこの大きさなら全身が数十メートルはある光り輝く巨人？　のようだ、光線とかも出せるかもしれない。

周りを見ると、真っ暗な空間のところどころに巨大な光が点在しているのが見えた。この光り輝く巨人が何人かいるのだろうか？

突然大きな声が辺りに響く。

『おお、大いなる天主よ。お伺い奉りまする。天主が創りたもうた人の子の体に、大いなる齟齬《そご》が生じておりまする。体は健勝なものの、魂が既に消滅しておりまする。小さな齟齬ではありまするが異常な状態、つまりは全命脈の歪《ゆが》みの恐れがあるゆえ齟齬を解消せんがために、この別の世の魂にてこれを補填《ほてん》いたすことをどうぞお許し願いたい』

声が止まってから、数秒ぐらい経《た》ったところで突然目の前が巨大な光に包まれた。よくよく見ると、前方のかなり離れた位置に、俺を掲げている巨人が幼児に思えるレベルのさらに巨大かつ尋常じゃない光量を持った光の巨人が立っている。

そして別の大きな声が響く。

『よかろう、その魂にて補填することを認める』

『ご配慮いたみいります』

やり取りの後、小さなささやき声が聞こえる。

『矮小《わいしょう》なる異星の人の子よ、意識があるのであれば大いなる天主に賛辞を述べよ』

俺を掲げている、光の巨人がこちらに向かってささやいているようだ。何のやり取りをしてるのかもよく分からないし、言ってることに嫌な予感を禁じ得ないが、もう死んだ（っぽい）身だし、ご機嫌取りをすれば天国行きもあり得るかもと思いなおす。

「大いなる天主よ、多大なるご厚情に矮小なるこの身、感動を禁じ得ません。ありがたき幸せに存じます」

しばらくの静寂の後、大きな声が再度響く。

『ほほう、魂だけの存在となりながら意識を持ち得て、さらには殊勝な態度。見るべきところのある魂よ。気に入った、特別に我の加護を授けてやろう。この者はどういう者か？』

『死の前に、薬学を修めていたようにございまする』

『よかろう、我が薬師《くすし》の加護を授ける。矮小な人の子よ、我の偉大さを存分に噛《か》みしめ受け取るがよい。これにてこの件は了とする』

その声が響くと同時に、辺りが一瞬で完全に真っ暗になり、何かに急速に引っ張られるのを感じた。さっきから何の説明もなく振り回され続けている。

薬学を修めていたとか言っていたが、大学で薬学を専攻していたわけでもなく、仕事でもないが……。ふと思い出したが、まさか少し前に始めた登録販売者の勉強と受験のことだろうか？　一応は合格した記憶もある。

大学の専攻は化学なので、どっちかと言えば化学の加護の方がよかったかもしれないなあとのんきに考えながら、何かに引っ張られ続けた。


気づくと森の中で倒れていた。全く見たことがない景色だ。と思った途端に、よく分からない記憶や知識が流れ込んでくる。どうやらトールと呼ばれる人物の記憶や知識のようだ。

奇《く》しくも俺も日本ではトオルという名だった。ただイントネーションが違う。

「はーこりゃ、参ったなあ」

先ほどの光の巨人（神？）たちのやり取りから察するに、別世界のトールという人物になってしまったと考えるべきか。元の世界の俺はどうなったんだろう？

これが夢でなければ、おそらく何らかの形で死んだんだと思う。しかしその辺の記憶は曖昧で全く覚えがないので、突然死だったのかもしれない。それに、どういう原因で元のトール君の人格？魂？　が消えてしまったのかもよく分からない。

前にスマホで見ていたネット小説のような展開だが、自分に起こるとは思わなかったな。いわゆる剣と魔法のファンタジー世界のようなところに来てしまったと考えるのが妥当だろうか。剣はともかくとして魔法があるのかどうかは分からないが、少なくとも俺は『大いなる天主』から『薬師の加護』と呼ばれるものを授かったみたいだ。これについても調べてみないとな。

何にせよ、俺はこの世界でトール君として生きていくしかないようだ。ま、しょうがない。悩んだところでどうにもならん、前向きに行こう、前向きに。トール君、君の分まで頑張って生きるよ、多分。

とりあえず身の回りの確認をすると、服は長袖のシャツに、七分丈のズボンのようなもの。下着も一応はいてるな。かなりごわごわした布で、明確に粗末な服だ。靴も、靴というか何かしらの革で出来たサンダルのようなものを履いている。

辺りを見渡すと、池のようなものが近くに見える。とりあえず自分の顔を確認してみるか。汚い池だが、水面を覗《のぞ》き込むとぼやっと自分の顔が像を結ぶ。

「おっ、結構イケメンじゃないか俺」

ボサボサしたベリーショートの黒髪に平たくて日本人に割と近い顔。超絶イケメンというわけではないが、それなりに顔は整っているように見える。

記憶からするとトールは十五歳で、見た目も明らかに若い。元の世界の年齢は三十二歳だったので、若返ったってことになるか。

見える景色から察するに、身長は元の世界と大して変わらないから百七十センチちょっとぐらい。やや痩せているが筋肉質で、これは普段から森で採取や小動物の狩りをしているからのようだ。

ふーむ、と色々思案していると急に大声が響いた。

「おい、トール！　さっさと家に来い！　今日はお楽しみの日だってことを忘れたのか！」

声がしたほうを見ると、ニヤニヤしながらこっちを見ている男がいた。吊《つ》りあがった小さい目に、上を向いている鼻と、パッと見で性格が悪いクソガキという印象だ。記憶をたどると、どうやらトールは貧乏な農家の三男らしく、声の主は一個上の兄で名前はヨルン。

そういや、トールの持っていた知識のおかげか言葉は普通に分かるし、喋《しゃべ》ることもできるようだ。これは助かるな、いきなり言葉が分からないところに放り込まれてたら最悪だ。どうやら、うまい具合に脳内で日本語に変換されているようだ。例えば、故事成語やセクハラパワハラのような最近の造語なんかも、もしかしたら通じたりするのか？

「何を黙って突っ立ってるんだ、さっさとこっちに来いウスノロ！」

思い出してきたが、貧乏農家にありがちな子減らし、要は今日で家から追放されるようだ。子どもが六人もいるので、跡取りになる長男とそのスペアの次男は残して、まずは三男の俺を、それなりに一人でも暮らしていけるだろうとの判断で放逐するということ。転生に続いて、次は追放されるわけか。

性格が悪そうなヨルンと一緒に、とりあえず家の方向に歩いていく。さっきからずっとニヤニヤしているヨルンの身長は頭一つ分ぐらい小さい。

しばらく歩いて家に着く、すべて木で造られた、お世辞にも立派とも広いともいえない、はっきり言ってみすぼらしい家だ。天井もいい加減な造りで、雨漏りしそう。こんなところに、夫婦と六人の子どもが住むとかキツイな。

中に入ると、神妙な顔をした壮年の男性が立っている。どうやらトールの父のようだ。

「トール、前に言った通り、悪いが今日でお前には家を出ていってもらう。知っているとは思うが、その日暮らすのが精一杯な上に、今年は酷《ひど》い凶作だ。お前をこのまま置いておくことはとてもじゃないが無理だ。餞別《せんべつ》なども渡すことはできない、すまないな」

「ハハハッ、そういうことだ。さっさと出ていけトール！」

どうも、このヨルンとトールは反りが合わなかったみたいだな。しかし二人とも身長が百六十センチぐらいか、トールよりもだいぶ小さい。

俺とこの二人はあまり似てないが、記憶によれば血の繋《つな》がりは確かにあるので、俺の顔や身長については母親の遺伝子を強く受け継いだということなのだろう。

新しい中の人になった俺からすると、父親にもヨルンにも全く親愛の情は感じないただの他人なので、一声かけてさっさとおさらばするか。「例の場所」に色々と物もあるようだしな。

「分かった、今まで世話になった」

二人は驚いた顔をしていたが、嫌だと泣き喚《わめ》くとでも思っていたのか？　正直、江戸時代みたいに奉公に出されたり、奴隷商みたいなのに売り渡されるよりはずっとマシだし、こんなところに居続けたところで、将来どうなるかは目に見えている。

特に荷物も持たずに家を出て例の場所に向かって歩き出した。そういや家には母親や他の兄弟がいなかったが、農作業でもやっていたんだろうか？　一応は肉親が家を出るのに、結構薄情なもんだな。

こんな状況なのに、不安感がやや薄いのはトール君の記憶のおかげである。要はこうなることをトールはだいぶ前から聞いていたらしく、家を追い出される準備をしていたということだろう。

家に荷物を置いておくと取られてしまうので、必要になりそうなものを、例の場所つまりは予《あらかじ》め別の場所に隠していたのだ。

森の中を記憶を頼りに歩いていくと、大きな木の少し高いところに洞《ほら》があった。中を探ると、葉っぱで隠してあるみすぼらしい大きな巾着状の鞄《かばん》が見つかった。

中を見ると、硬貨らしき四角い金属片、小型のナイフ、服や靴の予備、干し肉のような食べ物などが入っている。金属片は数えてみると、色合い的に鉄のような硬貨がかなり多く百枚は超えているようだ。さらに銅のような硬貨が数十枚ある。

トールの記憶をたどると、鉄で出来たものが鉄貨、銅で出来たものが銅貨で、手のひらサイズのパンが一鉄貨、ボロい宿の素泊まりが十鉄貨だ。

加えて十鉄貨が一銅貨に該当するようだ。とするとこの世界は十進法が浸透しているのだろうか？

しかし、鉄貨を作るほうが銅貨を作るより融点の差で圧倒的に難しそうだが、鉄貨の方が価値としては低いのか。鉄貨と呼んでいるが、実際は違う金属かもしれない。

パンから考えると、ざっくり計算で一鉄貨が百円程度になる感じ。そうすると素泊まり千円はボロいにしても安い気がするが、食料品の供給が不十分で価値がかなり高いのかもしれない。さすがにビッグマ○クはこの世界にないだろうし、経済状態を簡単に推し量るのは難しい。

仮に一鉄貨が百円とすれば、数万円程度は持っていることになる。金を稼ぐのが大変そうな環境で十五歳の人間がこれだけ持っているということは、元のトールは勤勉だったのだろう。心の中で感謝し、ありがたく使わせてもらおう。

さらにトールの記憶によれば、歩いて一時間程度のところに町があるようだ。その町には、物を納品して金に換えたり、日雇い労働や害獣の駆除などの求人に応募してお金を稼ぐことができる、日本で言うところの派遣会社やハローワークのような総合ギルドという組織がある。民間なのかこの国が経営しているのかは記憶にないから不明だ。

ギルドは元々、中世に誕生した職業別組合を意味する単語のはずなので、この組織がギルドというのは相応《ふさわ》しい名称じゃない気がするが、まあいい感じに脳内で変換された言葉なのだろう。

とりあえず町に向かって宿を取り、一晩、今までの経緯とこれからどうするかを考えることにしよう。天主とやらが言っていた薬師の加護とやらも、おそらくは生活に活用できるだろうし。

鞄を担ぎ上げて、町に向けて歩き出す。


町はオナージュという名前で、見た感じ住人はどんなに多くても数百人もいなさそうな感じだ。道も石などで舗装されておらず、土そのままだ。

まずは宿を取ってから、総合ギルドに向かおう。総合ギルドに向かう目的は書物だ。この世界や加護などのことをざっくりでも調べておきたい。そもそも読むことができるのか分からないが、喋ることはできるので、なんとかなってほしい（願望）。

記憶を頼りに宿っぽい二階建ての木造の建物に向かう。日本の小さいアパートぐらいのサイズの家だ。中に入ると恰幅《かっぷく》のいい中年女性がカウンターのような場所に立っている。

「おや、トールじゃないか！　泊まりかい？」

なんとなく記憶にある女性なので、おそらく仕事か何かで何度か泊まったことがあるんだろう。

「ああ、一晩泊まりたいのですが」

「何か雰囲気が変わったような気がするけど、まあいいや。いつも通り十鉄貨で先払いだよ。夜と朝の食事も要るなら十八鉄貨だ」

素泊まりが大体千円に該当する金額だが、一銅貨じゃなくて十鉄貨？　この辺じゃあまり銅貨が使われてないのか？　この世界の食事レベルも気になるし、とりあえずここで取ってみるか。

「食事もありでお願いします」

すべて鉄貨で支払う。

「まいどあり！　二階の一番奥の部屋だよ。明かりやお湯が要るなら声をかけておくれよ、もちろんどっちも別料金だよ」

金属製の鍵を渡された。鍵の形は単純な旗状構造なので、いわゆるウォード錠のかなりシンプルなタイプのようだ。とりあえず部屋を見てみるかと、階段を上り部屋に入る。

部屋は大体四畳ぐらいのサイズで、シンプルなベッドと掛け布団のようなものと机と椅子が一セットあるだけだ。窓は木で出来た跳ね上げ式。まあガラスなんてこんなところにあるわけないか。

電灯はもちろんのこと、明かりのようなものはない。トイレや風呂も当然ない。夜は早めに休まないとどうにもならないな、もしくはランプ？　を借りるかになる。

とりあえず、総合ギルドに行ってこの世界の情報収集をするか。宿を出て、総合ギルドに向かう。この世界も外出時は、鍵をカウンターに預ける仕組みなんだな。

　総合ギルドは宿より二回り程度大きい建物で、仕事探しや納品のためか、十人ぐらいの人がいるようだ。受付みたいなところがあるので行ってみると、カウンターにいる見覚えのある四十歳ぐらいの前髪がやや寂しげになった男性に声をかけられた。

「どうしたトール、仕事を探しに来たか、それとも薬草の納品か？」

　身の上を話すか少し迷ったが、この町に居続けたところで将来があると思えないから大きい町に移動することになるだろう。なので、問題ないか。

「実は、最近の不作などが原因で家を追い出されてしまいまして」

「あ〜……、口減らしってやつか。それでどうするつもりか予定はあるのか？」

「とりあえず、本格的に仕事をするにあたって今後は読み書きや計算ができるようになりたいのと、ここだと少し行ったところに追い出した家族もいるし、この町でずっと暮らすのは無理があると思うので別の大きな町に行こうかと思ってます。このギルドに参考になりそうな文献はありますか？」

「それなら、小さいギルドではあるがうちにも少し文献があるぞ。利用する奴はほとんどいないけどな。二階にあるから案内してやるよ」

　ギルド職員、名前はコウキという人に本棚が数台ある部屋に案内されて、この辺がいいだろうと何冊か本を選んでもらった。そういやコウキも俺の家族同様、身長が低めだな。トールが大きめなのかもしれない。

部屋には小さい机と椅子があり、これを自由に使っていいと言われたので、まずは読み書きの本から開いてみる。しかしこの机うっすら埃《ほこり》が溜《た》まっているぞ、全然利用されてないなこの部屋。

本をざっと見ると、どれも紙の質があまり良くない。装丁もいい加減で、人力の紙漉《かみす》きで作ったようなごわごわした紙を糸で綴《と》じている。ただ、一冊だけ立派な装丁に、品質の良い紙を使っているものがある。

パラパラと本をめくって中身を流し読みする。元のトール君の知識や与えられた加護とやらでさらさら読めることを期待したが全くそんなことはなかった。

まずは読み書きからだと、読み書きを習う用の入門書のような本をじっくり読んでみると、まず文字の種類の紹介があって、次に動物・果物などの挿絵にその名前に対応した文字が書かれているみたいだ。おお、この世界にも犬や猫などはいるんだな。こっちの果物はりんごか?

ざっくり読んだ感じ、アルファベットとは全然違うが、文字を組み合わせてローマ字のような文法を使っているのが分かった。これなら文字さえ覚えれば日常に必要な文書ぐらいは読み書きできるようになりそうだ。

しかし町の名前がオナージュという横文字なのに、文法がローマ字に近いとかあり得るのかとも思ったが、言語学者でもないし、今の俺には都合が良いので、そういうもんだと納得しておこう。

数字も、これまた全然違う形状だが〇~九まであり、十進法で計算するのが主流なようだ。分数・小数点の概念も既にある。こっちも数字さえ覚えてしまえば何とでもなるな。

とりあえず、この本を辞書代わりに使いながら別の本も見てみよう。

次に、地図のようなものが載った本を開いてみた。ただ、地図といっても大きな大陸の地図しかなく、この世界の地理を把握するにはあまり役に立たなそうだ。まあ、あまりに細かい地図はそれだけで軍事的価値が出るからあったとしても発行できないのだろう。

少しずつ読み進めると、ここはイラシオと呼ばれる大陸のようで、その大陸の北西にプリヴァ王国という国があり、俺が今いるところがその王国のようだ。

大陸の中央には巨大な国土を持っているゾーゲン皇国という大国があり、この文献によればプリヴァ王国の精強な軍が、皇国を退け続けているということだ。この辺は大本営発表なにおいがぷんぷんする。

宗教についても記載があり、大陸全土で教徒が多いのは「天神教《てんじん》」なる宗教のようだ。この本を見る限りでは、そこまで過激な宗教観ではないようだが、実際はどうだろうか。

プリヴァ王国内の地理についいて場所はおおまかな位置しか分からないが、大きな町の紹介もされている。

一番大きいのが王都オーリヤ・プリヴァ、二番目に大きくゾーゲン皇国に比較的近い町カンブレスなどなど。今後のことを考えると、この辺の町に行くのがよさそうか。

生活に必要な、硬貨や単位の記載もある。王国の紹介のような本らしい。

通貨は、この王国において金貨・銀貨・銅貨・鉄貨の四種類が流通しており、それぞれ十枚で一つランク上の貨幣と同等ということになっているようだ。つまり一鉄貨が百円だとすると、一金貨は十万円ということになる。

また、王国では時間には刻という単位が使われていて、二十四刻で一日のようなので一刻が一時間に該当するようだ。昔の日本で使われていた一刻はおおよそ二時間だったのを知っているので、感覚として少しややこしい。

ともかくこの星の大きさや、恒星の配置が太陽系の地球とほぼ同じということになる。まあ人間とほぼ同じ生物や、動物がいることから察するにそうなんだろう。

長さはメートという単位で、かなり昔に当時のゾーゲン皇国皇帝がメートという名の皇国の子供が手を広げた際の長さを基準にしたらしい。

子どもの年齢にもよるが、名称も似ているし一メートルに近い長さだろうか。

そのメートが定められた後、十分の一メート立方の箱に入った水の重さを一キーグという重さの単位と皇帝が定めた。この皇帝は色々な長さ・重さ以外にも、今日《こんにち》に使用されている色々な基準を作った人らしく、死後に計量帝と呼ばれるようになったらしい。

それが王国にも入ってきて基準単位となっている。

重さや長さの単位が地球のＳＩ単位系と似ているが、もしかしてこの世界は、地球と普遍的無意識では繋がっていたりするんだろうか？

その他、紹介された本を読み進めていって、最後に残ったのが立派な装丁の本だ。中身を読むと、どうもこれだけは王国ではなく皇国で発行された本のようだ。皇国も王国と同じ言語のようなので、この大陸全土で同じ文字・文法が使われているのだろう。

本の装丁レベルを比較するに、プリヴァ王国よりはゾーゲン皇国の方が圧倒的に文明・技術レベルが上の可能性が高い。

より文化的な生活を送るなら、将来はゾーゲン皇国に移ったほうがよさそうだ。

簡単に追い出されたし、少なくとも俺の戸籍はおそらく無いんだろう。移住は簡単にできるのだろうか？　文明や知識レベルが低い民などゾーゲン皇国側からしたら要らないと思うが。

ともかく、改めて皇国製らしき本の表紙を見てみると、そこにはこう記されていた。

加護のすべて、と。

「加護？　俺がもらった『薬師の加護』にも関係する可能性が高そうだ」

さっそく本を開いて読み進める。

『加護とは、この世に生まれた時点で授与される特別な能力のことである。後天的に得られることはなく、また天与される能力は何をしても成長することはない。ごく僅《わず》かではあるが、戦闘や商売などに極めて有用な能力を持つ者もいる』

ふむふむ。

『加護を判別する方法がないため、加護を持っていたのに気づかずその生涯を終えた者もおそらく多数いる。ただ、基本的には本能的に加護の有無が分かるようである』

どうも加護とは地球で言うところのギフテッドとは異なり、創作モノの小説や漫画などによくある特殊な能力のようだ。俺がもらったらしい加護も多分そうなんだろう。さらに読み進める。

『加護を持っている者について正確な数は把握できないが、おおよそ五十人に一人ぐらいが顕現しているとされる。よくある加護が、火・水・風・土を操作したり生み出すことができたり、同じ体格なのに人より力が強かったりというものである。ただし五十人に一人ぐらいの加護は、指先に小さな火をつけることができる、一度にコップ一杯の水を出せるなど、日常生活で少し便利になる程度のものである』

その程度だと戦闘で使える、というほどではなさそうだ。

『加護の発動に必要なものは、基本的には当人の意識のみで、寝ている最中などに誤って発動することはない。加護発動の力のもとは今をもってなお不明で、一定量使うと急に異常な疲れが出ることだけが分かっている。疲れは通常の運動などによるものと違い、加護を使わないでいると一刻ほどで回復する。疲れている最中は、身体能力が大幅に落ち、無理をしても加護を使うことはできない』

一刻が王国の一刻と同じなら、加護のクールダウンタイムが一時間ぐらいあるということか。

加護の発動に必要なＲＰＧで言うところのマジックパワーだかマジックポイント的なものがなくなると、衰弱するようなイメージだろうか？

『加護は時間経過だけでなく、流通している加護回復薬を使うことでも回復できる。回復効果は回復薬の級や出来栄えによって変化するため、一概にどれぐらい回復するかは明言できない』

マジックパワーの回復薬に相当する薬もあると。

『五十人に一人は生活が便利になる程度の加護だが、その中からさらに百人に一人の割合で戦闘などの実用に使えるレベルの加護を持った者がいる。火であれば二分の一メートル程度の大きさの火の玉を生み出した上で飛ばせるような者のことだ。このクラスの能力を持った者は、戦闘などで数十人単位の働きを一人でするため色々な形で活躍・成功していることがほとんどである』

つまり五千人に一人ぐらいの割合でファンタジー小説に出てくる魔法やスキルのようなものが使用できるということだ。

『さらに、そのレベルの人間の百人に一人の割合で天災クラスの火・水・風・土を扱えたり、特異な加護を持った者がいる』

このあたりになると五十万人に一人か。

『この本を執筆した時点で分かっている加護を以降に記していく。まずは比較的該当者が多い二種類の加護である』

【火・水・風・土の加護】

『一番顕現する人間の数が多い加護で、それぞれの属性に起因する現象を起こすことができる。この中では特に水の加護は程度が低かろうとも、無から水を生み出すことができ、その水は飲用としても使えるため非常に重宝される。これらの加護で高い能力を持つ者は、国の軍隊や探索者、害獣狩人として活躍することが多い』

【体力の加護】

『同じ体格なのに、個体差では考えられない次元で力が強かったり、足が速かったり、投擲《とうてき》がうまかったりする加護。何もしていないのに、筋肉が異常に発達する者もいる。戦闘のみならず、農業などでも重宝される加護』

筋肉が異常に発達するのは、加護ではなくて漫画なんかで見かけるミオスタチン関連筋肉肥大のような気がするが……。まあいいか、さらに読み進める。

『以降は、該当者が極端に少ない稀《まれ》な加護になる』

【荷運びの加護】

『記録されているだけで、過去に三人しかいない加護である。理屈がよく分からないが、手に触れた荷物をこの世界ではないところへ、自由に出し入れすることができる加護。出し入れできる量は人によって差があったらしいが、詳しくは不明である。三人のうち一人は、商人として大成功をおさめ、今のボクス商会の初代会頭であると言われている』

【老若の加護】

『この加護は、加護のうちで数少ない、自分の意思で自由に発動ができないものになる。過去の該当者は確認できるだけで二十人。人によって加護の内容が異なり、未《いま》だに全貌《ぜんぼう》が分からない不思議な加護。具体的な例として、生まれて一刻もしないうちに年を取り老衰で死ぬ、成年後は見た目は若いまま生き続けて通常の人と同じ寿命で死ぬなどである』

【調整者の加護】

『過去の該当者は記録にあるだけで一人。該当者が言うには、この世界にはありとあらゆる物質ごとに調整者と呼ばれる特殊で尊き者が存在しており、その調整者と意思疎通を図ることができ、さらには調整者から特殊な能力を付与された者らしい。この者も、突然何もない場所に木を生やすことができたという。それも該当者が一人だけのため、果たしてこれが真実かどうかは判別できないと記録されており、本当にあるのかどうか分からない加護である。ちなみに、晩年は木の近くをフラフラとさまよいながら、あらぬ方向を見て「精霊様」と呟《つぶや》き続けるようになったとのことである』

【鑑定の加護】
『過去の該当者は記録にあるだけで五人。物の質や真贋《しんがん》を見抜ける加護である。五人のうち一人に至っては人間の犯罪経験すら見抜くことができたとの記録がある』

【天運の加護】
『この加護については、現在に至っても真偽のほどが定かではない。天神教では天におわす神々から愛された者が受ける加護で、類《たぐ》い稀《まれ》なる幸運を授けられるとのことである。ただ、確かめようがないため、この加護の存在を疑っている者がほとんどである』

他にも色々な加護があるようだ……。

ふーっ、言語の本を参考に少しずつ読み進めてはいるが、ついさっき読み書きを勉強し始めたばかりなこともあって、だいぶ疲れるな。幸い、この体は若いのもあってまだまだ読み進められそうではあるが。
そして、次のページを見て目を見張った。

『薬師の加護』

あの光る巨人が言ったのと同じ加護が載っているようだ。注意深く読み進める。

【薬師の加護】

『記録されているだけで、過去に三十五人の該当者がいる加護である。能力は色々あるが、人によって能力の差が大きい。内容としては次の四つである。

一．作り方が分からない薬を頭に思い浮かべると、薬に必要な材料および調合方法が分かる。
二．薬の材料の場所が近くにあると、光って見える。
三．過去に調合した経験のある薬は、手元に材料があれば道具など無しに一瞬で調合ができる。
四．疾病や毒に対する耐性を持っている。

記録では三十五人のうち、一の能力を持っていたのは三十五人、二の能力を持っていたのは二十人、三の能力を持っていたのは一人、四の能力を持っていたのは十人である。
一と二の能力を持つ者は多く、薬師として圧倒的な優位点を持つ。

三の能力は一瞬で手元にある材料が消え、薬品が現れるとのことである。

四の能力は病にほぼかからず、通常の人の百倍の致死量の毒を飲んでも平気で、麻痺《まひ》毒などへの抵抗も非常に強くなる加護である。

記録されている三十五人は、官民問わず薬師や軍医などで全員大成しており、非常に有用な加護であることは間違いない』

内容を読む限り、かなり良い加護をもらった感じか。

ただし四は麻酔なども効きにくくなりそうだから、大病を患ったらまずそうだな。そもそも、この世界の外科技術がどんなものか分からないが。

一番偉そうで巨大な光の巨人が特別な加護と言っていたからには、このすべてが使えたりすると助かる。


一通りの本を読み終えて、言語や世界の状況、加護その他諸々《もろもろ》、今日得られた情報からすれば、今後の生活もなんとかなるかもしれない。少し希望が見えたな。

窓を見ると日が傾いてきたようだ、本を片付けてから部屋を出て、階段を下りていく。

そういや、覚えるために言語系の本が一冊欲しいな、買うなりできないかコウキに相談してみよう。そう思っていたら、コウキの方から声をかけられた。

「ずいぶん長い間籠《こも》っていたな、追い込まれてるのは分かるがあまり気を張るなよ」

「ありがとうございます。ところで、今日見せてもらったような読み書きや計算を学べる本をどこかで買うことはできませんか？」

「ん？　ああ、それなら今日使った本をお前にやるよ。王都で子どもの学習向けに使われている本らしいんだが、ここのギルドで使うような奴もいなかったしな。持っていっていいぞ」

「本当ですか！　ありがとうございます！」

期せずして、読み書きの学習に使える言語の本を入手できた。今後も暇を見て文字を覚えていくようにしよう。

まだ日が完全に暮れるには早い時間なので、少し薬師の加護を試してみるか。基本的に頭の中で考えるだけでいいみたいだしな。

『加護のすべて』に載っていた、過去に確認された『薬師の加護』の能力は次の四つだ。


一．作り方が分からない薬を頭に思い浮かべると、薬に必要な材料および調合方法が分かる。

二．薬の材料の場所が近くにあると、光って見える。

三．過去に調合した経験のある薬は、手元に材料があれば道具など無しに一瞬で調合ができる。

四．疾病や毒に対する耐性を持っている。

四つ目はさすがに試せないから、睡眠薬などが入手できた時においおい試すことにしよう。

最初は一つ目だな、これは頭で思い浮かべるだけでできるはずだから試すのもそんなに難しくないはず。

そうだな、まずはシンプルな解熱鎮痛剤を想定してみよう。眼を閉じて、頭に解熱鎮痛剤を思い浮かべる。

すると、河原に生えている高さが数メートルで先がとがった緑の葉を付ける木が思い浮かび、カワラヤナギという名前と、葉や枝を乳鉢のようなものですり潰《うぶ》して液を抽出する絵まで目に浮かんだ。

ということは、一の能力は加護として与えられている。

そういえば、小説か何かで、大昔にヤナギの樹皮や枝などから解熱鎮痛剤の素を抽出した。それがアスピリンの素になるようなものだったって話を読んだ記憶があるな。

カワラヤナギという植物は地球にあるんだろうか？　そもそもなぜヤナギが選択されたんだろう？

トールの記憶によれば、この町の近くに川が流れているはず、もしかしてそこにカワラヤナギという植物が生えていて『薬師の加護』の二の能力と連動して、近くで素材が取れる解熱鎮痛剤が第一に選択される仕組みなんだろうか？

とりあえず川に向かおう。

川の近くに着いた。

　ここで頭の中にカワラヤナギを使った解熱鎮痛剤を思い浮かべると、川べりに生えている木が白く光って見える。これがカワラヤナギか。

　これで二の能力も授けられていることが分かった。数十メートルぐらい離れたところのカワラヤナギも光って見えるので、相当遠くからでも使えるみたいだ。

　三の「過去に調合した経験のある薬」、というのはどれぐらいの判定になるんだろうか。

　例えば過去に一マイクロリットルでも抽出できていれば、経験したという判定になったりしないだろうか。そうなればめちゃくちゃ助かるんだが……。

　突然こんな世界で生活を余儀なくされて困ってるんだ、大いなる天主様とやら、なんとか頼むよ。

　カワラヤナギの葉を何枚か取って、河原の石ですり潰してみる。たぶんこの汁の中に有効成分が多少なりとも含まれているはず。これで調合判定になるか？

　そもそも三の能力が付与されているか分からないわけだが、とりあえず試してみよう。

　カワラヤナギの葉を何枚か手に持って、解熱鎮痛剤の生成を思い浮かべてみる。

　……何も起きないか？　と思ったら、手の中の葉が消え、僅かだが白い粉状の物体に変化した！

「うおおおっ！」

　思わず叫んでしまったが、見渡すと幸い周りに人はいなかった。

これが解熱鎮痛剤か知る術《すべ》がないが、加護以外にこんな不思議現象が起きるはずがないのでおそらく三の能力も付与されているということだ。

これはデカいぞ、これなら薬を作ることも、それを使って金を稼ぐことも容易だ。

ただ、本当に薬になっているのか、おいおい試してはおきたいな。

あとは、薬というものの該当範囲がどこまでなのかということだ。おそらく毒薬は含まれているとは思うが、薬と名がつくとはいえ、火薬や爆薬はさすがに範囲外だろう。

毒薬を頭に思い浮かべると、赤く放射状に広がった花が咲いた数十センチぐらいの丈の植物が思い浮かんだ。これはおそらく地球で言うところのヒガンバナっぽい植物だな、茎や根に毒があることは知っている。

火薬や爆薬は頭に思い浮かべても、材料も調合方法も浮かび上がってこなかった。つまり、人体に直接影響がある薬または毒薬しか対象じゃないということだろう。

しかしそれでも十分すぎるし、非常に強力な能力だ。

抗生物質や化学合成が必要な薬なら対象だとは思うが、現時点では無理なようだ。かなりボヤッとした材料と作り方は思い浮かぶが、実行はできそうにない。

さらに思いついて色々試してみた。

一つ目は、三の『手元に材料があれば』の手元がどういう判定なのかだ。

手から少し離したところに葉を置いて、手のひらに出す感じで調合をイメージすると可能だった。

逆に手の上に薬を置いて、少し離れたところに薬を出す感じで調合をイメージすると、これもまた可能だった。

距離を少しずつ離して何度か試したところ、自分を起点として材料の位置と調合品を出す位置の合計が十メートル程度の距離であれば水平方向だけでなく垂直方向にも可能なようだ。

つまり手元に材料があれば、十メートル先までの範囲であれば自由な場所に薬を出すことができる。これは本には書かれていなかった凄い能力だ！

例えば毒薬や麻痺薬の材料を手元に持っておけば、自分を起点として十メートル以内のどこにでも調合できることになり、何かと戦わざるを得ない時など、圧倒的な優位点になる。

ただ、目視できるところじゃないと無理みたいだ。例えば障害物越しだったり、生物の体内に直接放り込むみたいなことはできない。

二つ目は、出来上がる薬の性状についてだ。液体や粉、また粉であれば粉の粒径を自由に設定できるのか？　これも可能だった。液体の溶媒はおそらく水だと思うが、それもどこからか集められるらしい。

三つ目は、薬膳とされる料理も対象かどうかだ。カレーを思い浮かべるとこちらの世界の香辛料らしきものと配合割合が分かった。つまり薬膳は対象だ、これはありがたい。

日が暮れてきて、辺りが少し暗くなってきた。概《おおむ》ね調べられることは調べられたと思う。明かりもないので宿に帰って今日の情報から今後どうしていくかを考えよう。

完全に暗くなる前に宿の部屋に戻ってこられた。時計がないのが不便だな……。夜になって町が真っ暗になるかと思ったが、家から多少の明かりが漏れているようだ。

「部屋に戻る前に食事にするかい？」

「はい、食事をいただけますか」

「分かったよ、食堂で座って待っておくれ」

ランプが灯《とも》っているがやや薄暗い食堂に入ると、少し離れたところに年輩の男と妙齢の女が同じテーブルに座って食事をとっている、宿泊客かな？

俺が食堂の二人席のようなテーブルで座って待っていると、食事が運ばれてきた。

結構固いパンと、何かの肉とキノコが入った煮込みのようなものだ。

木製のスプーンですくって飲んでみる、うん悪くはないな。煮込みの味付けは塩がベースで、肉から出汁《だし》も出ているようだがシンプルな味付けだ。多分パンは煮込みに浸《ひた》して、柔らかくして食べるものなんだろう。酵母で発酵させていないのかもしれない。

そういえば疾病や毒に対する耐性があるってことは、食中毒にも耐性がありそうだから、変なものを飲み食いしても安心なのはいい。

食事を早々に終え、部屋に戻った。

ちなみに、この町に来て初めてトイレに行ったがやはり、ぼっとんだった。中国出張で使用したトイレを思い出すなあ、大の際は温水洗浄便座が恋しい。

自分が取った暗い部屋で、ベッドに寝転びながら一人考える。さて、今後どうするかだ。状況的におそらく日本に戻ることはできないんだろう。ああ文明が恋しいな……。

「何も考えずに寝転んでしまったけど、ノミやシラミは大丈夫なんだろうなこれ……」

ともかく、まずはどうやって生計を立てるかだが、これは薬師の加護を使って薬を売って生計を立てるのが一番楽そうだな。皇国がどのくらいかは分からないが、おそらくこの世界の文明レベルは現代日本と比べると相当低い。ということは薬の価値は相当高いはずだ。

ただ、薬師の加護、特に俺が持っているものは相当レアな加護のようだから極端に目立つのは避けたい。加護を持ってることを知られたら、確実に厄介事の種になるからだ。

面倒事は避けて、必要最小限の労働でのんびり暮らしたい。

地球じゃ営業職として朝から晩まで毎日あくせく働いていた。ブラック企業と呼ばれるような劣悪な労働環境ではなかったと思ってはいるものの、サラリーマンとしては当然の如《ごと》く、下げたくもない頭を下げたり、上司に怒鳴られたりとストレスを感じることも多かった。

一方で大学の同期の友達は親からもらったマンションからの不労所得で悠々自適に暮らしていて心底羨《うらや》ましいと思っていたのだ。人生とは不公平なものだなあと。

それがどういう経緯か異世界に来てしまって、便利な能力までもらってしまったのだから完全な不労所得とはいかないまでも、やはり楽して暮らしたいもんだ。

戦闘なんかはできるだけ避ける、人助けや魔王を倒すなんてとんでもない。そういうことは勇者様にお任せする。そもそも勇者のような存在がいるのかは知らないが。

若いのに調薬できる理由付けは、どこからか流れてきて村に居着いた腕の良い薬師に教わったということにしておこう。

次にどこで生活するかだ、近所にコンビニや二十四時間営業のスーパーがあって駅近で高速インターネットができるＲＣ造のマンション環境は無理にしても、できる限り文化的な生活を送りたい。

のんびり農家をやるなんてまっぴらごめんだ。

農業が大変なのは親戚がやっていたからよく知ってる。

本を読んだ限りでは王国よりも皇国の方が文明レベルは絶対に高い。皇国製の本を見ても明らかだ。なので王国を出て皇国に移住・帰化するのが当面の目標になるか。

移住するにも先立つものは必要だろうから、皇国に一番近くて規模の大きな町で金を稼いだり情報収集したい。皇国が大国とはいえ、危険な独裁者が支配するヤバい社会主義国家だったりすると困るし。

となると、一番良さそうなのは王国で二番目の大きさがあり、皇国に近い「カンブレスの町」だろう。今のところ襲われたりはしてないが、この世界に立派な警察組織があるとも思えないから自衛の手段も学んでおきたい。

皇国に移住して、その後は皇国内で情報を集めて、最も住みやすい場所を探し、定住の地を見つけたいところだ。薬屋をやるのがいいかもしれないな。その辺は、いざ移住してから改めて考えよう。

とりあえず目標は決まった。明日以降やることは……。まずはカンブレスの町へ移動する手段の確認だ。ここからの距離もよく分からない。明日の朝、総合ギルドに行ってコウキに相談してみるか。

あと、いざという時のため、具体的には人や動物に襲われた時の自衛手段として毒や一瞬で麻痺・昏倒《こんとう》させることができる薬を生み出せる素材を手に入れて、手元に持っておきたい。

おそらく酒はあるだろうからジエチルエーテルはどうだろうとふと思ったが、導入速度が遅いから戦闘には全く使えないだろう。ハンカチに染み込ませて嗅がせても、即気絶はさせられないのだ。

この世界にファンタジー的な、その手の便利なものがあると助かるがどうだろう……。なかったら刺激性が高い劇薬を調合して、目や口への粘膜アタックをすればいいか。

「やることは決まった。あとは一つ一つこなしていくだけだ」

ゆっくり目を閉じると徐々に眠気が襲ってきた、転生初日にしてはこれでも上出来か……。

二話　王国での生活そして皇国へ

新しい朝が来た、希望の朝かどうかは分からない。

部屋を出て、食事をとって、宿を出る。ちなみに食事は夕食とあまり変わらなかった。昨日考えた通り、総合ギルドに向かうと、今日もコウキがいたので相談してみる。

「コウキさん、昨日一晩考えたんですが、ここに居着いても大して仕事もないと思うのでカンブレスに行こうと思うんです。ここからだとどう行けばいいか教えてもらえませんか？」

「カンブレスか……。オーリヤ・プリヴァじゃなくてカンブレスってことは、もしかして皇国への移住まで考えてたりするのか？」

やはりそれなりにハードルがあるのか……。

「移住するのはかなり難しい感じなのですか？」

「俺が聞いた限りじゃや、大金が必要というのが最初にあって、他にもいくつか条件があるらしい。とりあえずカンブレスを目指すにしても結構遠いぜ。ここから東に、そうだな十万メートぐらいはある。歩いていくにも結構コトだ」

十万メートってことは、十万メートルつまり約百キロメートルか。しかしメートの上の単位は無いのか？　たしか日をまたいで人が連続して歩く場合は、一日でよくて二十〜三十キロメートルと聞いたことがある。それもちゃんと舗装された道での話だ。

とすると野宿か途中の町に泊まるにしても五日ぐらいはかかると見たほうがいいか。そんな経験ないからこれはキツいぞ。

「と言いたいところだが、トールお前ツイてるぞ。ちょうどカンブレスとの定期馬車便の帰りが、明日の朝に出ることになってる。今日中に準備すりゃ、楽にカンブレスに行けるぜ。もちろん金は必要だがな」

「馬車便を利用したことがないんですが、寝具と食事や水を準備しておけばいいんですかね？」

「ああ、そうだ。あくまで送るだけで、基本的には食事や寝具などの準備は自分でしておかなきゃいかん。とりあえず馬車乗り場に御者がいるはずだから、予約をしといたらどうだ？　定員を超えると乗れないぞ」

「なるほど、分かりました。ありがとうございます」

挨拶もそこそこに、教えられた馬車乗り場に向かうとキャスケットのような帽子をかぶっている髭《ひげ》を生やした中年男性が、馬車と馬の世話をしている。馬車といっても、とりあえず幌《ほろ》だけ張った、木製の粗末な車だ。

馬も競馬で走るような馬ではなくて結構脚が太くて大きい、ばん馬のような種だろうか？

「すみません、明日ここからカンブレスに向かう定期便が出ると聞いたのですが、こちらでしょうか？」

「ん？　ああそうだ、まだ定員までは空きがあるぜ。カンブレスまで片道で銅貨十枚（約一万円）だ。途中にある危険地帯を迂回《うかい》しながら進む予定で、一泊野宿の予定だから準備はしといてくれよな。そんな危ない行程でもないし、護衛もいるから安心だぜ！　あと、こんなことは滅多にないんだが野宿の際にスープが出るから期待しとけよ。料理人が練習がてら作るらしくてな、味の評価を聞きたいそうだ」

「分かりました、こちら銅貨十枚です。明日の朝こちらに来ればいいですか？」

銅貨を払うと、模様が描かれた木札のようなものを渡される。

「これが乗合札だ、必ず持ってきてくれよな。行程にはかなり余裕があるから、日が昇って十分明るくなってからここを出る感じだ。全員揃《そろ》ってから出るが、遅れないようにはしてくれ」

泊まりが一晩ならそんなに大層な準備をする必要はないな。寝具代わりにもなる外套《がいとう》、パンがあればいいか。

準備をするために雑貨屋へ向かう。村の何でも屋って感じの店で、硬いパンも売っていたので三個買っておいた。ナイフは既に持っているから、あと必要になりそうなのは外套、食器類、水を入れる革袋、着火剤、拭き布あたりか。

そんな寒い季節でもないが、寝具代わりにも使えそうでポケットが多い外套が欲しいな。品揃《しなぞろ》えも良くないので、そんなに種類はなかったが、外にも内にもポケットが何個かある外套を購入した。

しかし、手持ちの金が少し心もとなくなってきた……。

雑貨を買った後はいざという時のための『原材料』を集めて、同じ宿にもう一晩泊まり、出立の朝になった。目覚まし無しで起きられるだろうかと少し心配になったが、寝るのが早いのもあって暗いうちに目が覚めてしまった。

うっすら明るくなってきた町を進んで馬車乗り場に向かうと、既に何人かいるようだ。三人連れの家族、大きなリュックを背負った中年の男、若い女性と年輩の男性の二人連れ。

あの二人連れは宿に泊まっていた二人だな。見覚えがある。どちらも革製の鎧《よろい》と、金属製の立派な剣を持っているからこの馬車の護衛っぽいな。

昨日会った御者のおじさんから声をかけられる。

「よお、おはようさん！　乗る予定のあと一人が来たら、そろそろ出発するぞ！」

「こちら木札です。今日明日とよろしくお願いします」

「昨日も思ったが、若いのにずいぶん礼儀正しい奴だな、こちらこそよろしく頼むぜ」

しばらく待っていると、大きな鉄製の鍋を抱えた若い男がやってきた。

「よし、全員揃ったからカンブレスに向けて出発するぞ、乗ってくれ！」

そうじゃないかと思っていたが、尋常じゃなく馬車が揺れる。ケツが四つに割れてしまうかもしれない。尻の下に外套を畳んで敷いてはいるが結構しんどい。護衛の二人は周りを警戒しながら外を歩いているらしい。護衛は体力勝負だなあ。

何度か休憩を挟みつつ、特にトラブルも発生せずに予定していた宿泊地点に着いた。何かと都合が良いから川の近くだ。

「(はあ〜やっと半分かよ、マジでケツが四つに割れそうだな)」

夜にスープが出るとのことだったが、大きな鍋を持ってきた男性が作ったスープが振る舞われた。乳発酵品を溶かしたスープとのことだったが、なかなかどうして美味《うま》かった。

夜は馬車の中で外套にくるまって寝た、トール君の若い体なら一晩ぐらいどうってことはないだろう。護衛の二人は交替で寝ずの番をするようだな。

寝られたのか寝られてないのかよく分からないうちに朝を迎えた。

そういえば、トール君はまだ若いのもあるのか、ほぼ髭が生えない体質なのには正直助かった。前世でも剃刀《かみそり》で髭を剃《そ》ったことがないからだ。電動カミソリがこの世界にあるわけないので、そのうち使えるようにもならないと。

今日も日が昇ってから出発した。ケツは痛いがこのまま何事もなくカンブレスに着けば御《おん》の字《じ》だな、そう思ってしばらく経《た》った時だった。

「賊《ぞく》が出たぞ!!」

ボーッとしていたので、ドキッとして飛び上がった。周りの人を見ても皆同様の反応だ。家族連れの男の子に至っては今にも泣きだしそうだ。

「(おいおい、大丈夫なんだろうな。護衛の実力がどの程度なのかは知らないが……)」

内心かなりドキドキしながらそんなことを考えていると、御者が、

「安心してください、あの二人はかなりの手練《てだ》れです。こっちに賊は来ません！」

「(ホントかよ？　こんなところで死ぬのはごめんだぞ、万一こっちに賊が来たら奥の手を使うしかないな)」

幌の端から様子を窺《うかが》うと、賊は三人で護衛の二人と戦っているようだ。どっちが優勢なのかはよく分からないな。息をのんで見守っていると、賊の一人が護衛を撒《ま》いてこちらに走って向かってきた。

「(これヤバくないか!?)」

そう思って周りを見ると、皆同じことを考えているのか真っ青な顔になってブルブル震えている。

御者も頭を抱えて丸くなっている。ダメだ、こっちに使えそうな奴が誰もいない。

「ヒャーハハハッ、金目のものと命をよこせ!!」

その一人はザ・賊という感じで叫びながら凄《すご》い勢いで走ってくる。こりゃ、一か八か奥の手を試すしかないな。

賊が馬車まで近づいてきて、馬車の後ろ側の縁に足をかけた。

「おいっ、金目のものを早く出せ！　俺の気分が良けりゃ命だけは助かるかもしれねぇぞ〜！」

「(よしっ、千載一遇の好機！)」

「ん……？？？　ギャアアアア、目が目がァァァアアア!!!」

馬車から落ちた賊は目を押さえて、鼻水や涎《よだれ》を垂らしまくりながら地面に倒れ暴れている。

ヒヤヒヤしたが、こりゃ使える。とりあえずこいつを再起不能にしないとダメだな。近づくと危なそうだから、その辺に落ちている石をぶつけるか。

五メートルほど離れて頭をめがけ、握りこぶしぐらいのサイズの石をどんどん投げつける。いくつか投げつけるとビクッとしてから動かなくなった、死んだのかなこれ……。

悪人は死すべし、慈悲はないのだ。人殺しをしたことになるけど、思ったよりなんとも思わないもんだな、相手が悪人だからか？

護衛の二人が走って帰ってきた。ということは、残りの賊は始末できたのか。あせった表情で女性が声をかけてきた。

「すまない！　思ったよりも手ごわい賊で始末するのに時間がかかってしまった！　大丈夫だったか!?」

「（大丈夫だったかじゃねぇよ馬鹿野郎、ちゃんと仕事しろ!!）」

と内心思いながらも、顔には出さずに、

「襲われるかと思ったら、なんか突然叫びながら暴れだしたんで、離れたところから石を投げつけたら動かなくなりました」

ふむと小さな声で返事すると、女性は倒れている賊の方に歩いていっておもむろに左胸のあたりに剣を突き刺した。賊がビクッと動いたのでどうやら投石では完全に死んでなかったみたいだな。

「とりあえずの脅威は去ったが、仲間がいるかもしれない。すぐにカンブレスの町への移動を始めよう。御者、行けそうか？」

「分かった、すぐに出発するぞ！」

御者はまだ青い顔をして少し震えているようだが、なんとか馬車を動かし始めた。他の乗客も少しホッとした顔をしている。

「(なんとかなってよかった、しかし意図せず試すことができたが、やはり薬師《くすし》の加護はかなり強力だ。これなら遠距離攻撃以外の対人戦はどうとでもなる)」

そう、急に暴れだした賊は俺が『薬師の加護』を使って攻撃したからだ。実は一昨日に、馬車の予約をした後に護身用に使えそうな植物を探し出していたのだ。具体的には『皮膚刺激性が強い毒薬』になり得るものにした。

しかしどうやって運ぶかが問題で、ポリプロピレン製の容器があればベストだがそんなもんがこの世界にあるわけがない。

オナージュの町の近くを色々探したところ、『皮膚刺激性が強い毒薬』の原料になる植物のうちで、かなり皮が厚く頑丈な直径三センチぐらいの実を付ける植物、マテンニールと呼ばれるものを探し出せた。

この実は、皮には毒性はないらしく、石に投げつけてみたが全然割れたりしなかった。進化論的に言えば鳥類に食べさせて運ばせるために皮が厚くなってて、中身の種が食われないように刺激性を持っているのかもしれない。

それでも万一潰《つぶ》れる可能性は否定できないが、これを袋に包んで持ち歩くことにした。ちなみに注意を払ってナイフで時間をかけて傷をつけて中身を出すことで、毒薬を加護で作ることができるようになった。

調合後の性状はこちらで決められるので、これを持ち歩き、襲ってくる輩《やから》の顔の前で霧状に調合できれば、目や鼻の粘膜に作用して、一時的に行動不能にできるだろう。最悪、失明するだろうがこっちに襲いかかった以上、そんなことは知ったことではない。

というわけで、思った通りのことができたので当面の護身については大丈夫だな。このマテンニールの実は、今後も定期的に集めておきたい。

人殺しはできるだけ避けたいが、こういう世界だと今後自分を守るためには必要なこともあるだろう。トリカブトのようなものも探さないとだな。

あの後は、追加で襲われることもなくカンブレスの町まで着いた。幸い、ケツは二つに割れるだけで済んだようだ。

王国で二番目の規模だけあって、カンブレスはかなり大きな町だ。

パッと見でも端までかなり距離があるので、数万数十万人単位の町かもしれない。町の周りは塀で覆われていて、町の入口には門があり、開かれてはいるが槍《やり》や剣を持った衛兵が立っている。

櫓《やぐら》みたいなのもあり、その上にも衛兵がいて、周りを監視しているようだ。町に入るのに検問をしているらしく、順番待ちをしている馬車や人が並んでいる。

「ここまで来れば安心だ、町に入れるまで少し待ってくれ」

体感で三十分ぐらいしたところで、自分たちの番が回ってきた。

「どこから来た者か？」

「オナージュの町からです、定期便の馬車で何人か乗り合いの者もおります」

「なるほど、改めさせてもらおうか」

衛兵が馬車の中を覗《のぞ》き込み、一人一人の顔をじっと見て確かめる。指名手配されているような極悪人じゃないかを確認しているのだろうか？

「……うむ、通ってよし！」

楽でいいが、えらいザルな検問だな。ここは町に入るのに、税金みたいなものは取られないようだ。

「すまない、報告しておきたいことがあるのだが」

護衛の女が衛兵に話しかける。

「ここから、おそらく三十キメートぐらい手前で賊に襲われた。幸い全員退けられたが残党がいるかもしれない」

キメートト？　内容的にメートの上位単位で一キメートが千メートだろうか。

「なにっ、それは本当か!?」

「ああ、三人に襲われたがとりあえず全員殺した。仲間がいると厄介だから死体はそのままにして、急いでカンブレスに向かったんだ」

「分かった。後で詳しい話を詰め所で聞かせてくれないか？」

「護衛任務が終わった後に、詰め所に行かせてもらおう」

悪人だと報奨金みたいなものも出るんだろうか？

町の中は、オナージュとは違い石畳で舗装されている、ただ馬糞《ばふん》らしきものやゴミがそこら中に落ちているのが気になる。実際には諸説あるらしいがハイヒールが発明された、昔のパリもこんな感じだったんだろう。脇道は平らではあるが土のままだから、メインの通りだけしっかりと舗装されている感じか。

馬車は、門を通って少し行った馬房がある場所で停車した。

「道中で問題があったがカンブレスに着いたぞ、これに懲りずにまた利用してくれよな！」

トラブルで代金が安くなったりとかはないようだ、契約書は交わしてないが諸々《もろもろ》自己責任なんだろう。

料理人ぽい男性、家族連れ、リュックを背負った中年の男性が馬車を降りてそれぞれの方向に歩いていく。護衛の二人は、賊の報告をするためか門の方に戻っていった。

「すみません、この町は初めてなんですが、総合ギルドの場所と宿泊にオススメの宿とか教えてもらえませんか？」

「ああそうなのか、総合ギルドはこの通りをずっと進んだ先の右側にある三階建ての建物だ、入口に看板があるからすぐ分かるぜ。泊まりは……、そうだなちょっと入ったところにあるんだが『小鳥亭』って名前の宿が値段は手ごろながら良いところでオススメだ」

「ありがとうございます、訪ねてみますね」

詳しい場所を教えてもらってから挨拶して、まずは今日寝る場所を確保するために小鳥亭に向かった。

御者から紹介された小鳥亭は一泊三銅貨（約三千円）と、オナージュの町の宿に比べると三倍の価格だが部屋はそこそこきれいで六畳ぐらいの広さ、食事込みということなので町の規模からしたらこんなもんだと思う。

五連泊すると言ったら、十四銅貨に五鉄貨と少しまけてくれた。とりあえず、ここを拠点にして

・金を稼ぐ
・護身術を学ぶ
・皇国に移住するにはどうすればいいか情報を得る

を目的にしばらく滞在することにしよう。まずはこの町の総合ギルドへ向かうことにした。

石造りで三階建てのなかなか立派な建物だ、オナージュの町の数倍の大きさはある。中に入ると、武器防具を装備してる人や、肉体労働系の人、商人風の人、大きな荷物を抱えた人などなど、色んな人でかなり賑《にぎ》わっている。

辺りを見渡して、納品受付窓口に座っている長髪で若い女性に声をかける。結構美人だな、顔採用だろうか。

「すみません、こちらの町のギルドを初めて利用するのですが、何か資格証のようなものは必要ですか？」

「納品だけなら何も要りませんよ、どういうものを納品するか予定はありますか？」

「調薬の心得があるので薬を納品したいのですが、どういう薬が納品対象になっていますか？」

「薬はどれも常に受け付けていますよ、質の高い加護回復薬と傷病回復薬は特に需要が高いです。薬ごとにこの小さい容器いっぱいに入れて納品していただき、鑑定した後に規定の金額をお支払いすることになっています」

おちょこぐらいの容器か。これならカワラヤナギから抽出した鎮痛薬で足りるし、試しに納品してみるか。

「ヤナギから抽出・調合した鎮痛剤なら、今持ってます。これはどうでしょうか？」

「拝見します……。見た感じ、質がかなり良さそうですね。こちらの容器いっぱいに入れてもらえますか？――それでは少量取って鑑定いたします、少々お待ちください」

この女性は鑑定の加護を持った人では当然ないらしく、ごく僅《わず》かだけ容器から取って奥の部屋に持っていった。検出試薬みたいなのが一応あるんだろう。

近くに椅子があるので座ってしばらく待っていると、戻ってきた受付の女性に声をかけられた。

「こちらの鎮痛剤を鑑定させていただきましたが、極めて質が高いですね、ここまで質が高いものは初めて見ました！　これならこちらの容器いっぱいで、銀貨二枚ではいかがでしょうか？」

これで銀貨二枚にもなるのか!?　大体二万円だぞ、材料を取りに行く必要はあるが、調合の道具や手間がほぼゼロでこれはおいしいな！

「分かりましたそれでお願いします。今後もこちらに薬を持ってくれば買い取ってもらえますか？」

「ええ、これだけの質の薬なら大歓迎です!!　お若いのに、ここまでの腕をお持ちとは驚きです！」

「ありがとうございます。ところで、伺いたいのですが、こちらで取り扱う薬などが載った本はありますでしょうか？　あと護身術を学びたいのですが、こちらのギルドで講習はやっていませんか？」

「それなら三階の図書室に置いてある、薬学の本『プリヴァ生薬大全』をご覧ください、載っている薬ならすべて買い取り対象です。護身については有料ではありますが、剣と槍の講習をやっておりますよ」

目的としていた金と護身術の二つは、この総合ギルドで達成できそうだ。

三階の図書室で『プリヴァ生薬大全』を見る。ふーん、一通りの薬が対象みたいだな、どれも頭に思い浮かべると材料や調合方法は『薬師の加護』で分かるものだ。その中で、日本になさそうな薬は二種類だ。

そのうちの一つ、加護回復薬は『加護のすべて』という本にも載っていたな、加護を使いすぎた時のクールダウン時間を短くする薬だ。質が高ければ高いほど、加護のクールダウン時間が短くなるらしく、最も質が高いクラスになると一時間のクールタイムが数秒になるとか。

ただ、そのクラスになると土地の高い王都で、家が数軒買えるような金額になるようだ。

頭に思い浮かべると、大地草と呼ばれる見た目はシソのような周りがギザギザした形の葉を持つ植物が原材料になるようだ。さらに質の良いものと思い浮かべると、抽出温度や手順についてかなりシビアな方法が思い浮かんだので、質の良し悪《あ》しは調合の精度で決まるようだ。

もう一つは傷病回復薬で、これは外傷に使う傷薬だ。

ただし、日本のものと違うのはグレードが上がると大怪我《おおけが》でも短時間で治すことができるという点だ、ゲームのポーションみたいなものだろう。

最高クラスのものになると瀕死《ひんし》の重傷でも振りかければ数秒で炎症は静まり、傷がふさがり治ってしまうらしい、ただ血や皮膚そのものを薬が生み出すことはできないから、体力次第では使ってもそのまま死んでしまうようだ。

こちらはイリクサ草というヨモギの葉に似た植物から抽出するらしく、加護回復薬と同様に抽出方法でグレードを上げられるみたいだな。

俺が持ってる『薬師の加護』を使えば、これらの最高クラスの薬を簡単に作ることができるし、それを納品すれば一気に大金持ちになれるが、目立ってその後面倒なことになるのは間違いないからやめといたほうがよさそう。自分用に一本持っておくぐらいか。

この『プリヴァ生薬大全』、買えるなら今後のことを考えて買っておきたい。後で、本屋を覗いてみるか。

さて、その前に槍の講習をやってるところに行ってみよう。総合ギルドの出入口のドアとは別の場所にもう一つドアがあり、そこから出ると演習場のような場所に出た。近くにいる、職員の服を着ているガタイが良いスキンヘッドの男性に声をかける。

「こちらで武器の講習をやっていると聞いたのですが？」

「ああ、基礎的な身体鍛錬と剣や槍の使い方講習をやってるぞ。朝から昼、または昼から夕方までの講習一回で五鉄貨だ」

「なるほど分かりました、今後お世話になろうと思っていますのでよろしくお願いします」

「おう！　強くなろうとする奴は大歓迎だぜ！」

これで、目的の二つに関しては見通しが立った。とりあえずしばらくの間は、町の周辺で薬の材料を取って、加護で調薬してから納品して金を稼ぎ、講習にできるだけ参加して、一通りの護身術を学ぶか。

総合ギルドからの帰りに本屋に寄ってみたが、『プリヴァ生薬大全』は金貨一枚（約十万円）だった、かなり高いがそのうち買おう。あと、今日の鎮痛剤の稼ぎで、大きな四角いリュックサック状の鞄《かばん》を買った。

というのも、現場で全部調薬したら俺の加護がバレるかもしれないからだ。

現場でも目につかないところでは材料から直接調薬しつつも、リュックサックで原材料となる植物類を宿に持って帰るようにして、宿で調合してるんだよ感をアピールしといたほうがいい。

それから数か月、調合した薬を総合ギルドで売って、槍の使い方を含めた護身術を学ぶ暮らしを継続した。金も相当貯《た》まったし、元のトール君の素質が良いのか槍の使い方や体捌《たいさば》きについては、既にギルドから太鼓判をもらっている。

本や服、槍なども少しずつ買い揃えた。

そろそろ皇国に移住する準備を始めるタイミングだろう。情報収集は適宜行っているが、文献や酒場の噂話《うわさばなし》を聞く限りでは、独裁者が支配するヤバい社会主義国だったりはしないようだ。

皇国と王国で民間レベルでは貿易も行われているし、皇国が王国人を拉致誘拐してるといった話もないので、情報が極端に間違っているということもないだろう。

今日は、フクロソウという名の草から調合した胃腸薬を総合ギルドに納品した。

「トールさん！　いつも質が高い薬の納品ありがとうございます、本日は銀貨四枚（約四万円）です。これからもよろしくお願いします」

基本的に井戸や川から汲《く》んで使っている水の質が良くないためか、食あたりを起こすことが多いらしく、特に腹痛や下痢を止める胃腸薬の需要が高い。

今日は講習がないから、そのまま宿に帰るか。

宿に向かって歩き出すと、後ろから誰かが少し距離を置いてついてきているのが分かった。よからぬことを企《たくら》んでる輩《やから》なんだろうなあこれ、と思いながら歩を進める。宿の少し前、人通りがなくなったところで、後ろから声をかけられる。

「おいガキ、待てよ！　てめえ、いつも薬の納品をして随分懐が温かいみてえじゃねえか」

振り返ると、ニヤニヤ顔をしたまさにチンピラという感じの人相が悪い男が三人立っていた。

「ちょっとおこぼれを寄こせよ。年長者は敬わなければならないんだぜ？」

「いやあ、申し訳ないですけど渡す気はないですよ」

「てめぇ……、こっちが下手《したて》に出りゃいい気になりやがって。もういいや痛い目にあわせた上で身ぐるみはいじまおうぜ！」

「(下手に出てたのか⁇　それで？)」

「大人しく金を渡せば無事に帰れたのになあ、運が悪かったと思って諦めてくれや」

剣や棒を取り出して、戦う気満々のようだ。こりゃ仕方ないな。

「その自慢の槍でどれだけ戦えるのかな……、ギャアア目が痛ェェエエエ！　何も見えねえ‼」

「!?　どうしたガイオ、がっ…なんだ目が……目が……」

「ガイオ!?　オルテン!?　くそっ、てめぇ何しやがった……、目が痛いィィィ！」

「あれ？　どうかされました？」

いつもの通り、そういつもの通り薬師の加護を使って『マテンニール』から取り出した劇薬を霧状にして三人の文字通り目の前に散布したのだ。

いつもの通りというのは、これでこの手のアホが襲撃してきたのが三度目だからだ。カンブレスは思った以上に治安がよろしくない。

その上、後から分かったが王国では薬の納品をする人があまりいないので、思っていたより若い薬師として目立ってしまっていた。

「来ないならこっちから行きますね」

「!?　やめろ、やめやがれ!!」

少なくともこの王国は、明確な正当防衛なら人殺ししても罪には問われない。武器を抜いて襲ってきた時点でこれは成立する。この前買った槍で、一人の腹を深く突く。腹なのは的が大きくて骨に当たる可能性が低いからだ、変なところを突くと刃が痛む。

「があっ……、腹が痛ぇ、助けてくれ……あぁ……」

そのまま倒れ込み、動かなくなった。

「おっ、俺たちが悪かった、助けてくれ頼む!!」

「くそっ、近寄るな！　近寄るなよ!!!」

残りの二人も目は見えていないはずだが、音で何が起こったか分かったみたいだな。懇願したり、棒を振り回して抵抗したりしている。

「見逃して後で復讐《ふくしゅう》されても困るんですよ、やっぱり禍根は元から断っておかないと。手慣れた感じだったし、どうせこの手の犯罪を今まで何回もしてきたんでしょ？　じゃあ、これは世のため人のためにもなりますし」

それに俺の加護のことを知ってる輩、特に悪党は排除しておきたいしな。

「そんなことしねえ、やめてくれ頼む、ギャアッ……」

「くそっ、やめろっ！　やめろぉ!!　グアッ……」

やっぱり、少し離れたところから攻撃できる槍が加護と相性バッチリだ。

あーあー、槍が血で汚れてしまった。刃先は歪《ゆが》んではいないみたいだが手入れが必要になったじゃないか。

しかし悪人とはいえ、何度やっても人殺しはあまりいい気分じゃないな。まあ、自分が殺されるのは困るから仕方ない。懲らしめたらもしかしたら説得できるかも？　更生するかも？　なんていうのは馬鹿の考えに他ならない。ゴミはしっかり片付ける、こういうのは割り切りが重要だ。

とはいえ、元は日本人なので正直もっと自責の念にかられたり抵抗があると思っていたが、一回目からそうでもなかったのは元々俺がそういう性格だったんだろうか？　もしくは、転生したことが関与してるのか、もらった加護の副作用なのか、元のトール君の本性が関係しているのか。

ま、考えても仕方ないか。

「やれやれ、とりあえず衛兵に連絡するか」

襲われたので返り討ちにした旨を衛兵に連絡すると、やはりこの三人組は似たような行為を今までに何度もやってきていた札付きの悪党だったらしい。人殺しの容疑までかかっていた。現行犯で捕らえることができず、のらりくらりとかわし続けていたようだ。なので正当防衛どころか、衛兵によくやったとまで言われる始末だ。

宿に戻れたのは、だいぶ暗くなってからになってしまった。


そろそろ皇国に移るための移住条件など詳細な詰めも始めないとなと考えながら総合ギルドに入ったら、いつになく騒がしい。いつもの納品窓口の女性、マールさんに声をかける。

「今日はずいぶん騒がしいみたいですが、何かあったんですか？」

「ああっ、トールさん大変なんです。近くの森で豚人《ぶたじん》が大量に見つかったみたいで……」

豚人とは、頭が豚に似ていて体は人間に近いが肌の色が緑色の姿をした二足歩行の生物で、日本のファンタジー作品で言うところのオークに近い存在だ。

どういう進化でそんな生物になったのかは謎。知能は低いが棒ぐらいの武器は使え人間を襲うこともあり、特に女や子どもを襲うことが多い。

女や子どもを襲うのは、ぐへへな展開ではなくて単純に食料として魅力的だからだ。そう、彼らは雑食性で、その対象には人間も含まれている。

町に集団で襲ってくることは稀《まれ》ではあるものの一応ある上、放っておいても食欲がかなり旺盛ゆえに近くの生物が食い尽くされるため、見かけたら殺処分が推奨されている。

ちなみに見た目はともかくとして、肉は硬すぎ・臭すぎで食用にはとてもじゃないが向かないらしい。

「町に近いところまで来ているらしくて、早々に処分しないと危ないみたいなんです。なので総合ギルドでお金を出して、討伐隊を結成して対処に当たることになりまして」

「なるほど、そういうことでしたか。情報ありがとうございます」

となると、豚人騒動が落ち着くまでは薬草採取は休みにして、皇国への移住調査を優先して町から出ないようにしよう。最初に薬草の本を見て以来行ってないが、まずはこの総合ギルドの図書室の本を見てみるか。

三階に向かおうとすると、声をかけられる。

「おい、トール、お前は討伐隊には入らないのか？」

いつも、槍の講習でお世話になっているスキンヘッドのギルド職員だ。

「いやあ、ガンガスさん。私はあくまで薬師で荒事には向いてないんですよ、遠慮しときます」

「よく言うぜ、今やお前も相当な腕前だぜ？　豚人なんか簡単に蹴散らせるだろうに」

「買いかぶりすぎですよ。騒動が収まるまでは大人しくしときます」

困った奴だな、という表情をしているが、こっちは面倒事に首を突っ込む気はないんだよなあ。

解決するまでは大人しくさせてもらおう。二、三日もすれば解決していつも通りになるだろうと踏んでいたのだが、思ってもいない困った展開になってしまったのだ。


「トールさん、大変なんです！」

豚人騒動から三日後、手元に残っていた薬草で調合した薬を納品しに来たらマールさんに話しかけられる。

「前に結成された豚人討伐隊ですが、能力があまり高くない人が多かったのか、大勢の怪我人を出してしまったみたいで、殲滅《せんめつ》する前に撤退しちゃったんです」

「（おいおい、何やってんだよ総合ギルド）」

「今度は人をかなり厳選して、討伐隊を結成するみたいですよ」

「そうですか、次こそうまくいくといいですね。これ、買い取りお願いします」

買い取りの鑑定手続きを待っていると、ガンガスが何かに気づいたような顔をしてこっちに向かってきた。良いことではない気がする……。

「トール、討伐隊を再結成する話は聞いてるだろ？　どうだ、参加しないか？」

「いやあ、前にも言った通り荒事は苦手なんで遠慮しますよ」

「いや、実はな……」

「（参加しないと言ってるんだ、話を聞けオッサン！）」

「戦闘レベルの高い二人組が参加してくれることになったんだが、前回のことがあるだろう？　万一に備えて、補助員としてできれば薬師を入れたいと言っていてな」

ガンガスは顎《あご》を撫《な》でながらさらに続ける。

「能力の高い薬師で、かつそこそこ戦える奴となるとトールぐらいしか思い当たらなくてな。お前、そんなにグレードは高くないが傷病回復薬も作れるんだろ？　納品したことあるって聞いたぜ？　気は乗らねえかもしれないが、二人とちょっと話してみてくれないか？　参加してくれるならもちろん金は出す」

「（くそっ、買取価格を知るために、試しにグレードを落とした傷病回復薬を納品したのが仇《あだ》になったか！）」

ガンガスが、入口の方に向かって手を振る。

件《くだん》の二人組がいるらしい。女性と男性の二人組がこっちに歩いてきた。ガンガスは二人を呼ぶだけ呼んだら、演習場の方へ歩いていった。ほったらかしかよ！

……見覚えがある二人組だな。ああ、オナージュからの馬車に護衛でついていた二人か。

「君がトール君か、初めまして私はユリー、こちらはボルソンだ。あれ、君はこの前の馬車に乗ってた少年じゃないか。あの時は危ない目にあわせて悪かったな」

ユリーと自称する女性は、やや癖のある金髪のショートヘアでなかなか凛々《りり》しい顔だ。体の凹凸は少なめで美人というよりはイケメンと呼ぶのに相応《ふさわ》しい感じだ。女性ながら女性にモテそう。しっかりした革鎧に剣を装備している。

横に立っているボルソンと呼ばれる男性は、そこそこ年がいってるな。ユリーと親子でもおかしくない見た目だ。良いガタイをしていて眼光が鋭く、パッと見だと、とっつきにくそうなおじさんだ。こちらも革鎧と大ぶりの剣を装備している。

「この前はどうもお世話になりました」

「聞いているとは思うが、豚人討伐隊に入るにあたって、念のために補助員が欲しくてね。トール君は薬師と聞いている。どうだろう、同行してくれないか？」

「申し訳ないのですが、荒事は苦手でして。遠慮させてください」

「ガンガスさんからは薬師の才に加えて、なかなかの槍使いと聞いている。害獣のみならず、悪人の捕縛経験まであるらしいじゃないか。報酬は悪くないし、もちろん使用した薬については色をつけた金を支払わせてもらうが」

「いや、お金じゃ命は買えませんからね。討伐任務は受けたことないんですよ」

女性はおもむろに、首にかけている銅色のタグのようなものをこちらに見せた。

「先の護衛が不十分だったから大きな顔はできないが、この通り一応我々はどちらも皇国の四級害獣狩人なのだ。ちょっと事情があって、王国で仕事をしていてね、害獣退治には自信があるし、よっぽどのことがない限り君に危険が及ばないことは約束できる」

この通りと言われても、どの通りなのか分からないがそのタグが身分証か何かなのか？　しかしおっさんの方は全然喋《しゃべ》らないな。

それはともかく皇国人だったのか、この二人は。討伐隊には全く惹《ひ》かれないが、皇国移住のヒントがこの二人から得られるかもしれないな……。

「なるほど、条件面とかを詳しく聞きたいので、どこか落ち着いたところで話をしませんか？」


「それで、聞きたい条件面とは何か？」

ちょっと良い食事処《しょくじどころ》の個室で、話をすることにした。

情報収集の過程で、皇国への移住希望者は割と市井に溢《あふ》れていて、言ったところで罰せられたり、支障があったりすることはないのが分かっていたので率直に相談してみた。

「いや、実は皇国への移住を検討しておりまして。そこで皇国人のお二人にその辺を伺えればと。有益な情報をいただければ、討伐隊に協力をすることもやぶさかではありません」

「なんと、君は皇国へ移住したいと考えていたのか。うーん……。ボルソン、彼をどう思う？」

ボルソンと呼ばれた男性は俺をじっと見続け、その後大きく頷《うなず》いた。

ボルソンがオーケーを出したのだろうか？

移住に関しては、王国と皇国に大きな文明の差があるから、皇国は基本的に王国からの移住者を求めてないっぽいんだよな。だから条件が明示されてないんじゃないかと思っている。

ボルソンが頷くのを見てユリーが続けて話す。

「そうか、では教えよう。プリヴァ王国からゾーゲン皇国への移住は基本的には認められていない。だが、特別な条件を満たせば可能ではあるのだ。

その条件を詳しく言うとだ。

一つ目は金貨二十枚（約二百万円）の納税に加え、さらに同額以上の資産を持っているかどうかだ、最低限の稼ぐ能力があるかの判別になる。

二つ目は最低限の識字・計算能力を持っていることだ。これは金貨を納める際に簡易な試験をされることで判別される。

三つ目は重大犯罪を犯していないかだ、これは王国の犯罪者名簿から判断されている。

ここまでは比較的たやすい。だが最後の一つが難関だ」

ここでユリーは一呼吸置く。

「最後の一つは、一定の地位にある皇国民からの推薦だ。その一定の地位にある皇国民とは、皇国貴族およびその親族にあたる者、皇国に一定額以上の納税を行っている者、皇国総合業務請負所における一定以上の地位を持つ者だ。王国に住んでいる者はこれを達成するのが非常に難しい。だが君は幸運だ、この私ユリーがこの推薦を出せる者に該当している。君が相当な腕前の薬師であることはガンガスさんから聞いている、おそらく皇国でも価値を見いだされる存在だろう。ボルソンも認めたし、場合によっては私が推薦してもいい」

「今仰《おっしゃ》った、ボルソンさんが認めたというのは？」

「詳しくは言えないが、ボルソンは人間の価値を見極めることができる」

おそらく特殊な加護持ち、本に載ってた鑑定の加護とは別のものか？

「どうだろう、トール君。豚人討伐に同行して君の価値を示してくれれば、推薦するのもやぶさかではない。もちろん必ず推薦するとは言えないが。家名に誓って公平に判断することは約束する」

「(家名？　もしかしてユリーは貴族なのか？)」

このユリーを百パーセント信用することはできないが、これはチャンスだ。条件の三つ目までは現時点で満たしているが、聞く限りでは最後のはかなり難しそうだ。

金貨がかなり必要ということと、他にも特別な条件が必要というところは情報収集の際に聞いていたので、おそらくユリーが言った移住条件は本当だろう。

仮にユリーが推薦資格をそもそも持ってなかったり、推薦されなかったところで大きなデメリットはない。任務が成功すれば一応金がもらえるしな。撤退や全滅を余儀なくされるヤバい状況でも、加護を使えば最低でも俺だけは切り抜けられるはず。

総合的に考えて、同行して損はないか。よし。

「分かりました、そういうことであれば豚人討伐にぜひ同行させてください。そして私の移住を推薦してもらえるのなら僥倖《ぎょうこう》です」

「よし、話は決まった。では、討伐任務の詳細をここで詰めようではないか」

ユリーとの話し合いをした二日後に、豚人討伐作戦が行われるとのことで、普段の薬類に加えて念のためグレードが低めの傷病回復薬を準備しておいた。

市場を見て回った際、そこそこ頑丈な陶器製の小瓶も売っていたのでこれも数本持っていく。

討伐作戦といってもやることはシンプルだ。

目撃情報や前回の討伐作戦とで概《おおむ》ね、豚人の生息範囲は分かっているので、それぞれの数人のグループごとに、水平に一定距離を保ちながら同じ方向に進みつつ殲滅していく作戦だ。いわばローラー作戦に近い。

「おはよう、トール君。今日はよろしく頼む。打ち合わせた通り戦闘は基本的に私とボルソンに任せてくれていい。ただ取り逃しについては頼むよ」

「おはようございます、ユリーさん。取り逃しについては理解しております。補助員としての準備も済ませてあります」

「それは上々、では行こうか」

「……」

ボルソンは相変わらず無口なおっさんだな。

町から十キロメートルほど離れた森までは、討伐隊全員で進み、そこからは手筈《てはず》通りグループに分かれ、森の中を探索・殲滅する。森の入口に、総合ギルドの職員とその護衛数人が残り、他は森に入る。

森の中を三人で進んでいく。この森は薬草採取で何度か来ているが、そこまで深い森ではない。進んでいると三十メートルぐらい先だろうか、四体の豚人が見える。それぞれ座って何かを食べているようだ。ユリーが小声でささやく。

「一気に先制して仕留める、ボルソン行くぞ。トール君は少し後ろをついてきてくれ」

「……」

ボルソンが頷くのを見て、ユリーが歩む速度を一気に上げる。それでいて足音は極力抑えられる歩き方をしているようだ。十メートルぐらい手前になって一気に走り出す、豚人もようやくこちらに気づいたようだが、もう遅い。

「ハアッ!!」

ユリーが目にもとまらぬ速さで片刃の剣を鞘《さや》から抜き、その勢いで一体の豚人の首を刎《は》ね飛ばした。返す刀で驚いているもう一体の首も飛ばす。剣の斬れ味もさることながら、ユリー自身も相当な腕前のようだ。

「……!!」

ボルソンも続く、走った勢いそのままに豚人の腹を一気に貫き、剣を抜きながら前方に蹴飛ばす。

さらに隣にいた豚人を一息に袈裟《けさ》斬りにする。

ボルソンは百八十センチ近い背にかなり良い体格をしている。力で戦う、まさに剛剣という感じだがこちらもかなり強い。

豚人四体が絶命したのを確認してから、二人は剣についた血を布で拭った。さらに、武器に歪みが出ていないか確認している。

「いや、お二人ともお強いですね」

「うむ。この程度であれば後れを取ることはない。どんどん進もう」

ユリーの言葉の通り、ほぼ瞬殺に近い形でどんどん豚人を倒しながら森を進む、たまに取り逃しが出た時は俺が槍で倒した。豚人は薬草を採取している時に何度か倒したことがあるから、そこまで難しくはない。

このままなら問題なく討伐は終わりそうだな、と思っていた時だった。

「くそっ、誰か助けてくれェ!!」

誰かの叫び声が遠くから聞こえてきたのだ。おいおい、何かまずいことが起こってしまったか……。

「不測の事態が起こったようだ、声がするほうに向かうぞ！」

そう言うとユリーが走り出した。あーあー、厄介事のにおいしかしない。仕方がないので、ついていく形で声がするほうに同じく走り出す。

少し開けたところに出ると、豚人一体と戦っている人が見えた。グループで動いてるはずだが、一人で戦っているのか。

ただ、その豚人の肌は緑色ではなく黄緑色をしている上に体長がおそらく二メートルは優に超えている巨体で、腕は丸太のような太さだ。

「叫び声が聞こえたので助けに来た、何があった⁉」

「ユリーさんか！　この豚人がやたらつええんだ。肌が硬くて刃が通らねえ。今回の討伐隊には攻撃できる加護持ちもいなくて手を焼いてる‼　俺以外はやられちまったがどいつも死んじゃいねえ、既に後方に退《ひ》いている。俺がこいつをなんとか食い止めてる状況だ、手助けしてくれ！」

「承知した！」

答えるやいなや、刀を抜いて豚人の首元に斬りかかる。しかし刀が弾《はじ》かれてしまった。ユリーの顔が歪む。

「グッ、なんだこいつは硬すぎる！」

「ユリーお嬢様、変異種です……」

「(おおぅ、ボルソンが喋るの初めて見たわ)」

ボルソンが上段から斬りつける、それを豚人は片手の前腕部で受け止め弾き返す。ボルソンの剣を押し返すとは、硬いだけでなく力も相当強いようだ。

「グギャギャ！」

豚人がやたらめったらに腕を振り回す、武術もへったくれもないがその力と硬さは脅威でしかない。先にいた人が剣で受け止めたが、勢いを殺せずそのまま五メートル近く吹っ飛ばされて転がり、木にぶつかって動かなくなった。

「(これは結構ヤバそうだな、このままだと全滅もあるんじゃないか)」

ユリーとボルソンが、豚人の攻撃をうまくいなしながら攻撃しているが、あまり効いているようには見えない。二人は刃が通りそうな目を狙っているようだが、それは腕で防がれてしまっている。

助太刀したところで、おそらく俺の槍も通らないだろう。

「トール君！　こいつに効きそうな毒薬など持ってないか!?　このままだと厳しい!!」

「手持ちから取り出すので、少し待ってください！」

正直いつものマテンニールの空間調合散布を使えば、俺だけならどうとでもなりそうだが、加護がユリーたちにバレるのは避けたい。

強い毒薬を頭に思い浮かべて材料が辺りにないか探すと、神経毒が頭に思い浮かび、近くのカエルが光っているのが見えた。多分毒腺か何かを持っているカエルか、よしこれを使おう。

カエルを槍の先で刺して体液を出す、これで加護の発動条件はオーケーだろう。こういう時のために陶器の瓶を買っておいた、ここに毒液を加護で生成する。二人から死角になる位置で、リュックから取り出してる風を装って毒液を調合した。

「ユリーさん！　この液は毒ガエルから抽出した強力な毒薬です、これなら豚人に通るかもしれま

せん！」

「分かった、ボルソン！　少し足止めしてくれ!!」

ボルソンが豚人に両手で斬りかかり、力でギリギリ抑え込んでる隙《すき》にユリーに毒薬が入った瓶を渡す。

「これを剣に塗って斬りかかればあるいは。ただ、自分にはかからないように気をつけてください」

「武人としては正直なところあまり好きなやり方ではないが倒すのが優先だ、トール君使わせてもらうぞ！」

手早く、剣の刃に毒薬を塗布する。ボルソンがなんとか抑え込んでいたが、力任せに刀を跳ね上げられてしまった。

「シッ!!」

豚人のがら空きになった脇腹に、ユリーが素早く詰め寄り横なぎを見舞う。だが、先ほどの攻撃同様に弾かれてしまった。

「(うーん、僅かでも傷がついていれば、毒が通るはずだが……)」

そのまま、少しの時間ユリーとボルソンが戦っていると、急に豚人が膝をついた。

「グギャ……ギャ……」

そして突然痙攣《けいれん》しだし、倒れて動かなくなった。それを確認してから、二人は大きく息をつく。

「毒が一応通ったみたいですね、ユリーさん、ボルソンさんお疲れさまでした」

「トール君がいなかったら全滅もあったな、こちらこそ助かったよ」

「そういえば、吹っ飛ばされた人は大丈夫でしょうか」

「ああ、悪いがトール君見てやってくれ。ボルソン、この豚人のことを森の入口まで行って連絡してきてくれないか？　こいつが本当に死んだのか分からないから、私は警戒しておく」

とりあえずは一段落か、少しヒヤッとしたな。

吹っ飛ばされた人は幸い気絶していただけで、怪我自体は打ち身程度で済んだようなので、傷病回復薬を使う必要はなさそうだ。今のところ、豚人の変異種も生き返る気配はない。

ボルソンが、森の入口の職員と護衛を連れて戻ってきた。職員はいつものガンガスだ。

「おいトール、大変だったんだってな。豚人の変異種だとか」

「その変異種というのは何なんですか？」

「ああ、豚人に限らずたまに現れる特殊な害獣だ。やたら頑丈だったりして、どれもかなり手ごわい奴でな。今回は腕利きのユリーさんとボルソンさんに加え、薬師のお前がいたおかげでなんとかなったな。どちらもいなかったら本当にまずいことになっていたかもしれない」

「そんなヤバい個体だったんですね、なんとかなってよかったですよ」

「他の豚人は、別動隊が概ね狩り尽くしたから今回の目的は達成した。これで終わりだ、ご苦労さん」

やれやれだな、やっと終わった。ちなみに変異種の豚人は毒で死んではいるっぽいが、念のため首を落とすそうだ。かなり硬いから大変そうだ。

カンブレスの町に帰りながら、ユリーと話をする。

「トール君、今日は本当に世話になった。例の件は、後日改めて話をさせてもらいたい」

「分かりました。色よい返事がもらえることを願ってますよ」

「ふふ、今日の活躍を考えれば、私の返事は決まったようなものだがな」

「だと嬉《うれ》しいです」

「そうだ、今回の報酬についてなんだが……」

その後は報酬の分け前や、雑談をしながら帰路についた。

二日後に、前に相談した同じ店で落ち合った。ユリーとボルソンが先に来ていたので、急いで席に座る。

「すみません、お待たせしましたか？」

「いやそうでもない。トール君、二日ぶりだな」

「ユリーさん、どうもです」

「さっそくだが皇国への移住権の話の前に、私の身分を明かさせてもらおう。私は皇国貴族であるボトロック家の四女、ユライシャイア・ボトロックという。こっちのボルソンは私専属の執事だ」

やっぱり貴族だったか、家名もさることながら、服の上等さや前に食事した時の所作を見るに明らかに平民とは思えない感じだった。

「貴族といっても土地を治めたり、中央で政治を担っているような貴族とは違っていてね。辺境貴族ノルトラエ家に仕える、皇国では業務貴族と呼ばれる貴族だ。その皇国貴族の末子がなぜ王国にいるのかについては話すことはできない」

というと、王国への潜入任務だろうか？　でもその割には俺や王国の総合ギルドに身分を明かしているみたいだし、特殊な事情でもあるのか？

「だが、私は皇国への移住推薦権を持っている一人ではある。君の薬の調合能力や戦闘能力については既に把握している。その上で一つ尋ねたい、皇国に移って何とする？」

横にいるボルソンに嘘《うそ》は通らないっぽいし、ここは正直に答えるのが吉か。

「王国同様に薬師を生業《なりわい》に生活するつもりです。王国でも生活自体はできますが、より良い生活を求めて、というのが正直なところです。文化レベルは王国と皇国では大違いですよね？」

ユリーがボルソンの方をちらっと見る、ボルソンは小さく頷いた。

「いかにも。理由に嘘はないようだし、君の能力なら皇国でも何かと貢献できるだろう。分かった、移住推薦をしよう。他三つの条件については満たしているのか？」

「はい、金貨の用意と識字計算能力は問題ありませんし、犯罪歴もありません」

「分かった。一つだけ約束してほしい、国家に反逆するような重大な犯罪だけは皇国で起こしてくれるな。その場合はボトロック家総出で君の処分をしなければいけなくなる。推薦人の責任でもあるのでな」

「承知しました。元より犯罪などするつもりはありませんよ、薬師で十分稼げるので犯罪なんか割に合いません。私はそれなりの生活を送れれば十分なので」

「うむ、では食事をしながら移住に関する諸々を詰めようではないか。先の変異種では助けられたからな、ここは私の奢《おご》りだ」

食事をしながら、時期や必要なものについてなど移住の打ち合わせをした。

ついに第一の目標としていた、王国からの脱出が達成できる。


ユリーとの話し合いから一週間経って、ついに皇国に移る日になった。

カンブレスの町に着いて以来コツコツ、といっても実際のところ薬師の加護のおかげで楽々稼げていたが、主には薬の調合および納品で金貨百枚近く（約一千万円）を貯めて言語の読み書きもオナージュの町でもらった本で十分に勉強した。準備は万端だ。

小鳥亭には長い間お世話になったな、女将《おかみ》さんにはしっかりお礼を言っておかないと。


ユリーとの待ち合わせ場所に向かうと、既にユリーが着いていていた。

「おはようございます、ユリーさん。今日はよろしくお願いします」

「おはよう、トール君。では国境に向かおうか」

予定では、国境にある緩衝地帯の皇国入国審査所まで一緒に行って、ユリーが俺の推薦手続きをした後に二十枚（約二百万円）の金貨を渡して、簡易な試験を受けることになっている。国境近くまでは約二十キロメートルあるが、これは歩いて向かうことになっている。

カンブレスの町に滞在して数か月、思い入れも少し出てきたが、元より留《とど》まるつもりはない。ありがとうカンブレス、と言いつつも多分二度と戻ることはないだろう。


国境付近まで来ると、城壁のようなものが見えてきた。

結構遠くまで続いているので、これで国境を遮っているのだろう。

城壁の三百メートルぐらい手前から、木で出来た柵に覆われた小学校の運動場ぐらいのスペースがある。ここが国境付近の緩衝地帯だろうか？

さらに城壁の近くまで進むと、巨大な門があり、その前には衛兵が十名ほど立っていて、門の横には三階建ての、石造りの建物が見える。

「そこが皇国入国審査所だ、さっそく入ろう」

中に入ると、若い男性が受付のような場所に座っている。さっき立っていた衛兵と同じ制服のようなものを着ているので、多分皇国軍の兵士だろう。

「今日はどういったご用件でしょうか？」

「王国からの移住希望者を連れてきた、私が推薦人になる。私はボトロック家に連なる、ユライシャイア・ボトロックだ」

「失礼ですが、国民証を拝見してもよろしいでしょうか？」

ユリーはボルソンが担いでいる鞄から、見たことがない文字が複雑に書かれた一万円札ぐらいの大きさの金属製プレートのようなものを取り出させ、それを兵士に渡した。

「では、拝見いたします」

台座のようなところにプレートを置くと、台座の下からインクが染み出し、台座に繋《つな》がった板のような部分の上に置かれた紙に文字が浮き出してきた。

「(なんだこのハイテクな仕組みは!?　王国でこんなもの見たことないぞ？)」

兵士が紙の内容を精査している。

「確かに、ボトロック家の方であることを確認いたしました。それで移住を希望される方はそちらの若い方ですか？」

「いかにも、名をトールといい、王国出身なので家名はない。若いながら非常に腕のいい薬師だ。さらには槍で害獣退治をする程度の武も持っている」

兵士はこちらの顔を見ながら、分厚い冊子を取り出してページをめくり始めた。人相書きと名前が書かれた本だ、おそらく指名手配犯リストだろう。

最後のページまでめくって確認をして、本を閉じた。

「指名手配犯ではないのは確認いたしました、ユライシャイア様に失礼ながら伺います。そちらのトール様は人となりは問題ない方でしょうか？」

「うむ、私が保証する。つい先日もカンブレスを脅かす害獣駆除に参加し活躍した経験もある」

「それは重畳でございますね。承知いたしました、ユライシャイア様の移住推薦を受け付けます」

「それではトール様、移住に際して必要な金貨と試験を受ける準備はよろしいですか？」

「問題ありません」

「分かりました。ではまず金貨四十枚の提示と、うち二十枚の皇国への納入をお願いいたします」

鞄から金貨四十枚を取り出し、カウンターのような場所に置く。兵士が枚数を数え、その中から二十枚数え取って紙と鉛筆のようなものを取り出した。ほー、皇国には鉛筆があるんだな。

「確かに四十枚あることと二十枚の徴収を確認いたしました、こちらの納税確認書の二か所にご自身の名前をお書きください」

トール、とこちらの文字で二か所にサインをすると下部分を切り取りこちらに渡してきた。

「こちら納税証明書ですのでお持ちください。では二階で試験を受けていただきます。ユライシャイア様はいかがされますか？」

「うむ、良い機会なのでこのまま一回皇国に戻ろうと思っていてな。トール君の試験が終わるまで待たせてもらおう」

「（なに？　そんなことは聞いてなかったぞ、ここでお別れとばかり思っていたが……）」

「承知いたしました、向こう側に待合室がございます。そこでお寛《くつろ》ぎください」

「うむ、ではトール君、試験を頑張ってくれ」

ユリーとボルソンは、入って右側にある部屋の中に入っていった。

「トール様はこちらです、彼についていってください」

脇に立っていた別の兵士に二階へ案内される。そのままついていくと、机と椅子だけが置かれた部屋に通され着席を促される。

「こちらで試験を受けてください、こちらが試験です。制限時間はございません」

鉛筆と試験用紙が渡される。内容は名前を書く欄に、四則演算と読み書きができるか程度を問う簡単な問題だ。案内してくれた兵士が横についてカンニングしないか見張っているようだ。

十五分ほど、こちらの単位だと四分の一刻ほどしてから終わった旨を伝えると、その場で兵士が結果を確認しだした。その後、名前欄の横に赤い鉛筆で丸をつけてこちらに渡してきた。

「試験は合格です。では、こちらの試験用紙を持ち、入口の受付までお戻りください」

入口に戻って、先ほどの兵士に試験用紙を渡す。

「おめでとうございます、試験は合格です。これですべての移住手続きは終わりました。最後に確認いたします。トール様、あなたはプリヴァ王国からゾーゲン皇国への移住を希望し、ゾーゲン皇国の発展のために民として働くことを誓えますか？」

「はい、誓います」

「では、こちらの宣誓書の内容を確認の上で、二枚に名前をお書きください」

宣誓書はやたら小さい文字で書かれた注意文があったりはせず、移住を希望する旨、犯罪を犯さない旨など当たり前のことしか書かれていなかった。なので、署名欄にトールと書いた。

「おめでとうございます、トール様。これであなたは栄えある皇国民たる資格を得ました。二枚のうち一枚は、皇国内で国民登録をする際に必要となりますのでお持ちください」

これでやっと第一の目標に到達した。文化的のんびり生活への第一歩だ！

◇　◇　◇　◇　◇　◇

トールが転生した世界、正確にはその星のとある場所。人には到底たどり着けない場所に大きな何かがいた。

『ではその者が天主から強大な「加護」を授けられたと』

傍目《はため》には、その巨大な何かが岸壁に向かって話しかけているように見える。

『…………』

『祖の仰る通りです。そこまで強大な「加護」を授けられたとあっては、世界の崩壊は避けることはできますまい』

『…………』

『なるほど……。今の時点では地中や海中または星の外で処理したとて、相当な影響は避けられないでしょう』

『…………』

『承知いたしました、この――が適切に対応いたします』

『…………』

『大陸を東へ向かって移動している？　では、かの川にて待つことといたしましょう。では、これにて失礼いたします』

大きな光る瞳をたずさえ、毛で覆われた巨大な影が移動している。巨大な影は移動しながら独りごちる。

『我がたかが人の子如《ごと》きに対処をせねばならぬとは奇妙な因果よ。だが、以前より興味をそそられることもある。良い機会と捉えるべきだな』

第二章　皇国西部流浪編

一話　皇国移住と今後の目標

宣誓書に署名し終わったところで、待合室からユリーとボルソンが出てきた。

「無事試験を終え、宣誓書への記入も終えたようだな。トール君、これで君も私と同じ皇国民だ、おめでとう」

「ありがとうございます、これもひとえにユリーさんの推薦のおかげですよ」

「ふふ、それはよかった。では皇国に入ろうではないか。後出しですまないが、我がボトロック家が推薦したからには、一度我が家の家長に紹介しておきたい。なので、まずは私と一緒に我が家に来てもらおう」

「（ゲゲッ！　しかし、これは断れそうにないぞ、やむを得ないか……）」

顔に出てしまっていたのか、少し苦笑いしたユリーが肩に手を置いてきた。

「なに、心配しなくとも上納金を寄こせとか、面倒な仕事をやれとか、家に仕えろとかそういうことではない。先にも言ったが、変な奴を移住推薦したわけではないことを家に説明しなくてはいけないのでな。家長に紹介し、一言挨拶すればそれで終わりだ、難しく考えなくていい。そもそも我が家はそれほど格式が高い貴族でもない。王国との国境に一番近い町、ヘルヒ・ノルトラエに向かおう、そこに我が家もある」

兵士に軽く挨拶し、審査所を出ると皇国側に向かってユリー、ボルソンとともに歩き出す。巨大な門から入るのかなと年甲斐《としがい》もなく少しワクワクしていた。

ユリーとボルソンが紙のようなもの、おそらく出入国証明書か何かを兵士に見せた後に俺も先ほどもらった宣誓書を見せると、大きな門の横にある通用口のような普通のドアを開けられ、そこから三人で皇国に入った。

「(……別に悪くはないが、なんかショボいな)」

入国したところで、ユリーに話しかけられる。

「ああそうだ、トール君。こっちじゃ王国の金は使えないから、町に向かう前にそこの出国審査所で両替したほうがいいぞ」

「やっぱり共通通貨じゃないんですね、ありがとうございます、両替してきます」

出国審査所に入ると、入国審査所と同じような受付所があり、四十代ぐらいの兵士が座っていた。

「すみません、王国の貨幣の両替をお願いしたのですが」

「お前さん、見かけない顔だが王国からの移住者か? ようこそ、皇国へ。換金レートはこういう風になってるぞ、確認してくれ」

紙に書かれた換金レートを見てまず驚いたのが、皇国では金属通貨に加え、紙幣を使っているという点だ。

紙そのものには大した価値がないので、紙幣に価値を持たせるには簡単に偽札が作れないレベルの印刷技術に加え、国の権威とその十分な後ろ盾が必要になるが、それがこの国ではできているということだ。

こちらでは、国からすれば金属には色々使い道があるから、紙幣を使えるならそっちの方がいい。

小銅貨・銅貨・銀貨・金貨の四種類に加え、銀貨と金貨の代わりの銀札と金札なる紙幣がある。価値からすれば一万円札と十万円札だ。

基本的には小銅貨が王国の鉄貨とほぼ同価値で、銅貨・銀貨・金貨は同じ、銀貨と銀札、金貨と金札が同じ価値のようだ。

聞けば、銀貨と金貨は存在こそするもののほぼほぼ、こちらの国の民間取引では使っていないという。ただ、換金レートは王国の十銅貨が皇国の九銅貨となっている。

「ああ、王国貨幣の交換レートが低いのは貨幣の質が悪いからだ。あっちは混ざりものが多いんだ」

大丈夫とは思うが、念のため王国金貨十枚だけ残して、残りの金貨約七十枚すべてを、皇国の紙幣と数十枚の銅貨・小銅貨に両替した。

「若いのに随分持っているな、両替する金が足りるか少し心配になったぞ。しかしさすがに移住推薦されるような奴は違うってことか」

両替を終えて、ユリーの元へ戻る。

戻る途中であらためて景色を見ると皇国側は、巨大な門から遠くに見える町のようなところまで、しっかりと石で舗装された道幅の広い道が続いている。

門の近くには、大きな建物が何棟もあり、おそらく国境警備隊か何かだろう。広い訓練場のようなものも併設されている。うーむ、やはり国としてのレベルが王国とは段違いだ。

「歩いていってもいいが、馬車を使うか。ヘルヒ・ノルトラエまで約五十キメート（五十キロメートル）ほどあるからな。馬車なら夕方には着くだろう」

門の近くに大きな馬房があり、何台も馬車が止まっている。この辺は王国と皇国の間で貿易をやっている人向けかもしれない。ユリーが御者とおぼしき人に声をかけ金を渡し、一台の馬車を借り、三人で乗り込んでから出発した。

「馬車で直接我が家まで行くことにする、トール君、今晩はうちに泊まるといい」

皇国の馬車は王国の馬車よりは上等らしく――さすがにゴム製のタイヤや完璧なサスペンションは皇国でも普及していないようだが――進むスピードが随分速く揺れも少ない。

「(王国のよりはだいぶマシだから、今回はケツが四つにはならないかもしれない……)」

やはりケツの心配をしながら、ヘルヒ・ノルトラエまで運ばれていくのだった。


しばらく進むと大きな町が見えてきた。

あれがヘルヒ・ノルトラエだろう。

馬車のままヘルヒ・ノルトラエに入った。入口に立派な門と衛兵はいるものの王国と違って、町に入る際の検問はなかった。

馬車の窓から見ていると、門はカンブレスと比べても明らかに頑丈そうで高さも五メートルぐらいはあるだろうか、高い塀に囲まれたかなり大きな町だ。街中もしっかりと舗装されており、道端に馬糞《ばふん》が落ちていたりもしない。この辺、衛生観念も王国に比べて高いらしい。

町を馬車でどんどん進むと、かなり大きな邸宅が並ぶエリアに入った。それぞれの邸宅の前には、衛兵とおぼしき人が数名立っている。おそらく貴族や豪商などが住むハイソなエリアなんだろう。

「御者、そこの家の前で止まってくれ」

ユリーが声をかけると、ある邸宅の前で馬車が止まった。ここもまた広い邸宅だ、ざっと見た感じでも日本の大きめのスーパーマーケットぐらいの敷地がある。

馬車を降り、ユリーが衛兵に声をかける。

「ユリーだ、今帰った。父上はいらっしゃるか？」

「お嬢様、お帰りなさいませ。邸宅にいらっしゃいます」

「それは僥倖。この時間ならおそらく執務室だろう、トール君行こう」

大きな金属製の門が開き、中に入る。庭もしっかり手入れされていて見事で、明らかに金がかかっているのが見て分かる。

庭を抜け、玄関ホールに入る。この世界はどちらの国にも家で靴を脱ぐ習慣はないようだ。そのままどんどん進むユリーの後に着いていく。

メイドや執事が、ユリーが通ると頭を下げ、お帰りなさいませと挨拶するのを見ると、ユリーが貴族のお嬢様なのを改めて実感するな。

進んでいって、奥まったある部屋の大きな扉の前に着いた。ユリーがノックを二回する。

「父上、ユライシャイアです。ただいま戻りました。報告がございます」

「うむ、入れ」

中から重厚な声が響く。

中に入るとどうだろう二十畳ぐらいの広さだろうか、地味ながら質の良い家具が置かれている。その奥にあるデカい机の向こう側、立派な椅子に、口髭《くちひげ》を蓄えたしっかりした体格の五十〜六十歳ぐらいの男が座っている。

「ユライシャイア、よくぞ戻った。そちらの御仁《ごじん》は？」

「報告とはそのことです、私が移住推薦をして、無事移住条件を満たして王国から皇国に来たトール殿です。若いですが非常に腕のいい薬師《くすし》で、害獣駆除もできる槍《やり》の腕前も持っております」

父上と呼ばれた人物が髭を触りながらこちらを見る。ここは一言挨拶したほうがいいな。

「トールと申します。ユライシャイア様にご推薦いただき、この度皇国に移住することになりました。お見知りおきください」

言ってから一礼する。礼の仕方が合っているかは不明だ。

「ほう、これはご丁寧に。私はユリーの父でもあり、七級爵位を有するボトロック家当主アーブラハム・ボトロックだ。ユライシャイア、彼は当家に仕えることを希望しているのか？」

「いえ、市井にて薬屋を営むなどして生活する予定とのことです。一緒に豚人《ぶたじん》討伐も行い、本人の能力と人となりで皇国の発展に寄与する人物と判断し推薦したまでです」

「あい分かった。今日はもう遅い、当屋敷に泊まられるがよかろう。ボルソン、トール殿を客間に案内せよ。ユライシャイア、王国でのことを聞かせてくれるか」

「承知いたしました」

無口なボルソンが礼をすると、こちらを見て頷《うなず》く。ボルソンが部屋を出ていくので、アーブラハムに軽く一礼してから、後をついて部屋を出る。そういえば、さっきから尿意を催してんだよな、ボルソンに聞いてみるか。

「ボルソンさんすみません、便所に行きたいのですがご案内いただけますか？」

ボルソンが頷くと、ある部屋の前まで案内してくれた。中に入って驚いた。

「(うおおお！　水洗じゃねぇか！　皇国素晴らしい!!　最高!!)」

声には出さず、トイレで思わずガッツポーズをしてしまった。転生してから数か月、ぼっとん生活からの脱出が見えたぞ。仮に邸宅内にどんな大きな貯水タンクがあっても、人間が水洗で排泄物《はいせつぶつ》を流しまくってたらすぐ溢《あふ》れるだろう。

つまり皇国にはたぶん下水道の概念があるということだ。これだけでも皇国を定住の地に選んだ甲斐《かい》があった。

ウキウキ気分で用を足し、ボルソンに連れられ客間に行くのだった。

◇　◇　◇　◇　◇　◇

ボトロック邸宅　トールが去った執務室にて

「ユリー、息災で何よりだ。しかし、最初は婚約者でも連れてきたのかと驚き、期待してしまったぞ」

「父上、さすがに年が十も下の男は対象ではありませんよ。私の婚約者はいずれ」

「ふふ、お前より強い者が最低条件で、婚約者が出来るのかどうか。しかし、あのトールとやらを推薦したのはなぜだ？　薬師として優秀といっても、皇国にも少なからずおるだろう」

「彼、トール君は害獣討伐を基本しないのでそういう意味では目立ってはいませんでしたが、調べたところでは複数人の悪党を相手に一人で捕縛・討伐した経験も何回かありました。薬師としても、若いのにかなりレベルの高い薬を納品すると総合ギルド職員の間では評判でして。懇意の職員に彼が納品した薬を見せてもらいましたが、確かに純度が高いものでした。おそらくあの若さであれほどのものが作れる薬師は、皇国でもそうはいないはずです」

「なんと、そこまでの腕前だったか。しかし、そんな腕の良い薬師が王国のどこから湧いてきたのか？」

「いかにも。特にそこが私としても注視した点です。ギルドには村に流れ着いた腕の良い薬師に教わったと説明していたようですが、それにしても、腕前が良すぎる。ボルソンにも視《み》てもらいましたが、やはり相当な才覚を持っているようです。話してみても、王国それもかなりの田舎出身の十五歳とはとても思えぬ態度と知能を感じました」

「なるほど、それで推薦したわけか」

「ええ、さらに見極められればと、ギルドに薬師の帯同を希望することで豚人討伐に一緒に参加させ様子を見ることにしたのです。その後、刃が通らない変異種が現れて私とボルソンでも倒せるかどうか怪しい状況になったのですが……」

「ほお、よく切り抜けられたな」

「最終的にはトール君が調合した毒薬を使って倒しました。毒薬も見事だったのですが、一番気になったのは変異種と戦っている時の彼の様子です。私とボルソンが苦戦しているのは見ているのに、逃げるでもなく慌てるでもなく、それを少し離れて冷静に観察していたのです」

「お前たちに全幅の信頼を置いていたということか？」

「その可能性もありますが、私はおそらくトール君は『一人でも切り抜けられる自信があった』と見ています。あまりに冷静でしたので」

「つまり、類《たぐ》い稀《まれ》なる武術の実力を隠しているか、何か特殊でかつ強力な加護を隠し持っている可能性があるということか」

「ええ、ゆえに総合的に考えて皇国移住を推薦しました。本人も希望しておりましたので。つまり、私が王国を探索する目的にも合致しております。そして推薦という恩は売ってある状態です」

「なるほど、ならばトール殿とはこのまま友誼《ゆうぎ》を結んでおくのが賢明だな。しかし、お前の言う通りあの王国とはいえ、探せばいるものなのだな」

「やはり数は力ですよ、父上。愚かな王が治める小さな王国とはいえ、百万を超える民がいる国です。加護だけ考えても発現確率を鑑みれば、数十人は有用な人物がいるはずです」

ノックの後、ボルソンが入ってきた。

「ボルソン、客間に案内したトール殿はどうだった？」

「気になった点が一つ。途中トイレを利用されましたが、使い方を聞かれたりはしませんでした」

ユリーがそれに反応する。

「私も随分難儀したが、王国には水洗式のトイレや下水道はないはずだし、そのことは王国ではそれほど知られていないはずだ。なのに王国出身でありながら問題なく使えたということだ」

「ふむ。たまたま使えただけの可能性もあるが、仮に知識として知っていたとすればどこでそれを知り得たのか？　なるほど、やはりトール殿は侮れないな。彼はヘルヒ・ノルトラエに定住するつもりか？」

「そこまでは聞き及んでおりません。これから決めるのやもしれません。しかし、少なくとも貸しはある状態です」

「ここに定住するにせよ、別の町に行くにせよ、最低限の動向は掴《つか》んでおきたい。ボルソン、諸々《もろもろ》対処しておけ」

ボルソンは頷くと、部屋を出ていった。

「ユリーは、また王国に行くつもりなのか？」

「これで数名連れてこられましたからね、しばらくはこちらで剣の腕を磨こうかと。変異種に我が剣が通らなかったのが今をもってなお無念でして」

「そうか……」

もう二十五にもなったのに未《いま》だこの感じで、女としての愛嬌《あいきょう》は鳴りを潜め、頼もしさと凛々《りり》しさは日々増すばかり。婚約者が出来ることが将来あるのだろうかと少し頭が痛くなるアーブラハムなのだった。

◇　◇　◇　◇　◇　◇

部屋や廊下には、オイルランプ？　灯油ランプ？　のようなものが設置されていて、やや薄暗いながら夜でも一応邸宅内を歩けるレベルには明るい。

夜の食事は、ユリーとその父親と一緒に取るのかと思ったら、客間に食事が運ばれてきて一人で取った。

薄いワインに柔らかいパンと野菜が色々入ったスープ、そして鶏肉を焼いたものだが、どれも王国と比べるとかなり美味《おい》しかった。貴族だからなのか、こちらの食文化が優れているのか。

食器類も上等で、この世界にもあるスプーンやフォークは銀で出来ているようだ。

お湯と拭き布に寝巻のようなものも渡され、体を拭いて着替えて一段落ついた。さて、皇国には来ることができた、ここからどうしようか。

元々考えていた通り、どこかに腰を落ち着けてゆるゆる生活を送るのを最終目的とする。

それは変わっていない。ここヘルヒ・ノルトラエには下水道があるようだが、皇国全土にあるとは限らない。文化的生活のためには、やはり最低でも下水道はあるところにしたい。

ここでもまずは情報収集からだ。皇国内部のことはほとんど分からない。こちらの国にも総合ギルドはあるようなので、そこで情報収集をして住む土地を決めたい。ヘルヒ・ノルトラエはかなり大きい町だし、それなりの情報は集まっているだろう。

住む場所を決めたとして、そこに住むにも土地・建物を借りるか買うかで先立つものが要るのは間違いない。これについてはやはり薬師の仕事で金を稼いでいきたい。加護の力で簡単に調合して稼げるからな。

皇国に入ってこの屋敷に来るまで馬車の中でユリーと話をしたが、こちらの国でも王国ほどではないにせよ、薬の需要は高い。王国と同じやり方で稼ぐことができるだろう。

うん、やることは決まったな。

・ヘルヒ・ノルトラエに留《とど》まりつつ皇国内で定住すべき土地の情報を探す。
・同時に、薬師の納品依頼を受けて持ち金を増やす。需要などもここで探っておきたい。
・定住すべき土地が見つかったら、移動する。
・その土地でしばらく過ごしてみて、問題なければ定住する。買えるなら、土地・建物を買ってしまう。

この流れだ。明日起きたらさっそく総合ギルドに向かうことにしよう。やることが決まったし、今日はおやすみなさいだ。ちなみに客間の寝具は、この世界に来てから一番上等なものでふかふかだった、コイルスプリングを使ってるのかな？　定住したら最低でもこれぐらいのレベルの寝具は欲しい。


翌朝、出立の準備をしていると客間にユリーが訪ねてきた。

「おはよう、トール君。よく眠れたかい？」

「おはようございます、ユリーさん。食事も美味しいし、寝具も非常に良いもので快適に過ごせましたよ、ありがとうございました」

「それはよかった。それでトール君、今後どうするか決まっているのか？」

「まずはこの町の総合ギルドに向かおうと思ってます。しばらくはこの町に留まり薬師の仕事で稼ごうかと」

「なるほど、そうか。王国と違って皇国では仕事ごとに級制度があったりとだいぶ勝手が違うが、そのあたりはギルドで教えてもらえるだろう。何より、まずは国民登録をしないといけない。移住後一定期間内に国民登録をしない場合、最悪指名手配されることがあるからな。詳しくは、総合ギルドの皇国民総合受付で聞くといい」

「助言ありがとうございます」

「それで、総合ギルドの場所だが……」

ユリーは邸宅の入口まで見送りに来てくれた。

「では、トール君。また会うこともあるだろう、またな」

「移住推薦をはじめとして、何かとお世話になりました」

一礼してから邸宅を離れ、教えてもらった総合ギルドに向かって歩きながら考える。

ユリーはおそらくだが俺が薬師としてかなり高いレベルにあること、それに加えなにがしかの希少な加護を持っていることに、薄々感づいていると思う。でなければ王国のような皇国より明確に劣る国にいるガキを移住推薦する意味がないからだ。

貸しを作っておいて、然《しか》るべき時に協力させるなどを目的にしているのかもしれない、推薦制度上は悪さささえされなければ推薦したところで懐は痛まないからな。人間性のあたりはボルソンが何かしらの方法で判別してるのかも。

この町に住んでいると、その手の厄介事に巻き込まれる可能性が考えられる。まあ、推薦してもらった恩はあるから多少の協力をするのはやぶさかではないが。

気軽に使える自動車のような高速移動手段はまだこの世界にはないっぽいから、ここから遠くの町に定住すれば少なくとも頻繁に面倒事に巻き込まれることはなくなるだろう。この辺も定住する土地の検討に加味しないと。

皇国の総合ギルドへ向かう前にヘルヒ・ノルトラエを散策する。

いろんな店が軒を連ねるマーケットのような場所をぶらぶらと見て回る。

雑貨屋に入ると、やはり王国のそれとはラインナップが違う。質の良い紙や石鹸《せっけん》、金属で出来た調理器具など王国では非常に高価だったり、そもそも売られてすらいないものが、そこまで高くない値段で売られている。

本屋に行くと、オナージュの町で見かけた質の良い本が当たり前のように置かれていた。やはり文明レベルは王国に比べるとだいぶ高いようだ。皇国の首都となるともっと進んでいるのかもしれない。ウィンドウショッピングもほどほどにしてそろそろ総合ギルドに向かおう。

皇国にも総合ギルドはあるが、こちらは正確には『皇国総合業務請負所』という名前の組織だ。通称名はこちらでも総合ギルドらしい。ユリーから聞いたが、こちらは移住民の国民登録つまり移住の管理局や役所のような機能も担っているらしい。まさに総合業務請負所なのだ。詳しくは移住手続きの際に教えてもらえるとのことだった。

教えてもらった場所に来ると、かなり大きな建物が見えた。小さい体育館ぐらいの大きさで、石造りに白い壁で覆われた立派な建物だ。『皇国総合業務請負所　ノルトラエ州本部』と記載された看板があがっている。

扉を開けて中に入ると、かなり大勢の人間で溢れかえっていた。カンブレスの町とは比較にならない。天井近くには注意書きや受付場所への案内などが所狭しと掲げられている。

「まずは、皇国民総合受付だったな」

ユリーに教えられた受付窓口を探す、奥まったところに受付があるのが見つかった。受付は四つあり、そのうち一つは今空いているみたいだ、あそこで聞いてみよう。

「すみません、私は王国から移住した者でして、最初にここに行けと言われたのですが？」

「王国からの移住者とは珍しいですね。では、入国審査所で渡された宣誓書の提示をお願いいたします」

おっ、茶色いロングヘアの若いお姉さんが担当か。

髪といえば、ここに来るまで町を歩いてみたが俺と同じ黒髪の人がほとんどいなかった。黒髪を持っているのはほぼ王国人なのかもしれない。

宣誓書を鞄《かばん》から取り出して手渡す。

「これですかね、よろしくお願いします」

「はい、承りました。皇国では全国民に国民登録することが義務付けられており、さらに定住する場合は住所と紐《ひも》づけた戸籍が必要になります。また、国民としての管理のため家名も必要となりますので家名をお持ちでなければ、ご自身でお考えください。ノルトラエ州にご定住の予定ですか？」

「定住地についてはまだ考え中で、しばらくは宿暮らしをして様子を見ようと思っています」

「かしこまりました。定住する場合は、先ほど言いました通り、戸籍登録が必要となりますので再度当受付でお申し出ください。

移住者の国民登録手続きは二〜三刻（二〜三時間）ほどかかります、その間に移住者向けに皇国についての講習会を受けることを推奨しております。えーっと……、トール様はいかがなさいますか？」

「受けさせてください」

「承知しました、国民登録手続きについては三刻ほど経《た》ってからこちらの受付にお越しください。その際はこの木札を提示ください。時刻についてはあちらにある時計をご活用ください」

同時に数字で八と書かれた木札を渡される。この辺は日本の役所みたいだな。

あちらと提示された方向に、大きな時計がある。時計は日本のアナログ式と同じ形だ。

秒針はないが。ぜんまい式かな？

「講習会は二階の、第二講習室で行いますので、このまま向かってしばらくお待ちください。場所はここです」

講習会の場所を教えてもらい、階段を上って提示された部屋まで行く。

『第二講習室』と書かれているのを確認して中に入ると、机と椅子のセットが六つと、教壇がある部屋だった。俺以外は誰もいない。とりあえず、一番前の席に座る。

しばらく待っていると、先ほど受付をしてくれた若い女性が資料を持って入ってきた。

「お待たせいたしました。それでは皇国についての講習会を実施いたします」

「まずゾーゲン皇国とは、というところから始めます。ゾーゲン皇国は、初代ロンベルク公が建国し、建立以来一度の例外もなく、皇帝の実子が男女問わず必ず後を継ぐことになっております」

「皇帝は実子の中から性格面と文武において最も優秀な人物を選び出します。具体的には、種々の試験と、その時の皇帝・主要大臣・主要辺境貴族の合議によって選定されるとされています。その際万一を考え、皇帝以外にも、次皇帝、次々皇帝、次々々皇帝の三人が選定されます。なので皇帝が男性であれば夫人が数十人、子どもは百人を超えることが常となっております。皇帝が女性であれば、次皇帝と次々皇帝と次々々皇帝の子どもからも選定されます。このあたりは、我々には直接関係がありませんし、関係することもないと思います」

ふーむ、この国にいわゆる選挙制度はないということだな。

町の賑《にぎ》わいやきれいさなどを見るに、十分民主的で発展し続けている国に見える。独裁者が専横している社会主義国家だったりガチガチの軍事国家だったりのようなヤバい国でないのは間違いない。

ということは、皇帝は世襲的なものではあるが、皇帝や大臣が無茶苦茶な勅令を出したりはできない社会システムになっていて、今の説明とは別に国として破綻しない強固なシステムが確立されているのだろう。

「次は、我々にも少し関係がある貴族の話です」

職員の女性が続けて説明をする。

「当国の貴族は三種類です。中央貴族、辺境貴族、業務貴族の三種類です。それぞれについて説明します」

「中央貴族とは、皇国直轄の管理区域の統治や、国全体の内政に深く携わる者が該当します。この貴族は純粋な国仕えで、治める土地は持っておりません」

つまり、省庁の大臣や上級官僚に近い存在ということだな。

「辺境貴族とは、皇国から任命され地方の州を自治する貴族のことです。皇国法により制限があり、ある程度の裁量は持っているものの、無茶苦茶な運営はできないようになっています。基本的に現在は州の名前が、統治している貴族の家名と同じになっています。当州であれば第四級爵位を持つノルトラエ様が治められている、ノルトラエ州となります」

辺境貴族は、州知事や県知事に近い存在ということか。

「最後の業務貴族です。こちらは、中央貴族や辺境貴族に仕える特定の業務を担う貴族になります。具体的には、軍務・医療・計量・税務等が該当します。寄子《よりこ》貴族とも呼ばれています。具体的な例を挙げますと、トールさんを移住推薦されたユライシャイア・ボトロック様はボトロック家のご令嬢ですが、ボトロック家はノルトラエ家の業務貴族となっております。ボトロック家はノルトラエ州の軍務の一部を担っています」

業務貴族は、上級役人に近い立場かな？

「貴族には爵位というものがあり、爵位の違いで給与や特権などが異なっております。その具体的な内容は秘匿されております。爵位は一級から九級まで定められています」

「四級以下の貴族は、一定期間ごとに皇国からの認定を受けなければ貴族として存続できない仕組みになっているらしいですが、これもまたその内容は秘匿されております。一級は皇帝陛下のみ、二級は大臣職にある中央貴族、三級は皇帝を退いた者と現皇帝の近親者になります」

大臣の方が、皇帝の近親者より権限が強い。つまり院政を敷いたり、皇帝の配偶者が幅を利かせることができないということか。

「四級が上級中央貴族、主要州を治める大辺境貴族、歴代皇帝の近親者の一部です」

この辺は侯爵や辺境伯に該当する感じだろうか？

「五級が下級中央貴族、辺境貴族になります。六級が辺境貴族のもとで、州内にある町などを治める業務貴族です」

「七級と八級は、中央貴族や辺境貴族に仕える業務貴族になります」

確か、ボトロック家は七級だったか？　イメージ的には男爵ぐらいの地位になるのだろう。

「最後に九級ですが、こちらは国に顕著な貢献をした兵士や民が選定されています、特権はほとんどなく名誉爵に近い存在です」

「級の話が出ましたのでついでに説明いたします。ゾーゲン皇国では貴族の身に限らず、あらゆる物や尺度を級で表すことが常です。例えば、総合ギルドにおける業務請負者の一つである害獣狩人も一級から七級まで級があり、級によって受けられる依頼や総合ギルドの仲介手数料や税金などが変わってきます。それに加えて三級からは総合ギルドから直接指名依頼が入ることがあり、これは断ることができません」

実力があるから難易度が高い依頼を強制的にやらされるわけか、その代わり仲介手数料や税金が一気に安くなるんだろう。

「私は薬師をやる予定なのですが、薬師も同様でしょうか？」

「薬師ですか？　薬師も一級から七級まで級があります。害獣狩人と同様に三級以上は直接指名依頼があります。級ごとに納められる薬が決まっていますので、級を上げないと例えば加護回復薬のようなものは納品自体を受け付けてもらえません。級は総合ギルドが実施する試験に合格することで上げることができますよ。具体的な納品物などは、薬品納品窓口でお尋ねください」

「話がそれましたね。次はゾーゲン皇国の国土についてです。ご存じかもしれませんが、イラシオ大陸の約九割がゾーゲン皇国の国土になります。国土面積は約五百万平方キメートです。残り一割として北西にプリヴァ王国、南西に小国群があります。これらの国境には国境壁があり強大な州が隣接している状態です。トールさんは王国から来られたのでお分かりと思いますが、ここノルトラエ州はプリヴァ王国に隣接する州になっています」

つまりは、おおよそ五百万平方キロメートル？　ヨーロッパが約一千万平方キロぐらいだったはずだから、イラシオ大陸は大陸というほど広くないのかもしれない。

「王国や小国群とは、それぞれと平和条約は結んでいないので一応は対立していることになってはいますが、戦争はここ百年起こっていません」

「ゾーゲン皇国の人口ですが、おおよそ一億人とされています。ただし、正確な数値は国しか把握しておりません」

「お金の種類は出国審査所で既に聞いていると思います、使用されている文字数字、長さや重さ、時間などについては王国と同じです。これらの単位は遠い過去に皇国側で定められたものが王国や小国群に伝わって、プリヴァ大陸全土で使用されている状態です」

一息ついてから女性はさらに続ける。

「続いて国や州に納める税金ですが、トールさんはしばらくの間は宿暮らしで総合ギルドの仕事を受けて生活するご予定ですか？」

「はい、その予定です」

「であれば、総合ギルドの仕事は仲介手数料と税金が引かれた金額が支払われますので特に気になさる必要はありません。もし将来、店を持って商売をする場合は、その際にご相談ください。どこかに定住する時は戸籍登録と共に、住む場所などによって金額は変わりますが税金の支払いが必要になります」

ふーん、この国は一応土地や家を買うという概念があるわけか。その他にも、ゾーゲン皇国に関する色々を教えてもらえた。

一番有用だったのは、どういう州があるかと、各州の情報はこの総合ギルドの図書室に詳しい資料があるという点だ。定住するところを探すのに困ることはなさそうだ。

北西と南西に和平を結んでない国があるということなので、東の方が住むには一応安定しているのかな、と何となく思った。

「皇国については以上です、次はここ皇国総合業務請負所、皆さんが通称で総合ギルドと呼ばれる組織について説明いたします。皇国総合業務請負所、通称総合ギルドは運営資金の三分の二を皇国、残り三分の一を様々な商業ギルドが出資して運営しております」

要は第三セクターということだろう。王国はどうだったんだろう？

「業務内容としては国に関わる登録や処理、税金の納入。業務の依頼とその請負者の仲介。納品物の買い取りなどを行っております。国が関わる登録業務にはお金をいただきませんが、業務依頼や納品については税金を含めた仲介手数料をいただいております。仲介手数料は、依頼者請負者の等級に応じて上下いたします。具体的には等級が上がれば上がるほど手数料が減る仕組みです」

総合ギルドにとって有用になればなるほど、本人の実入りも多くなるというわけだ。

「ただし、先ほども説明しましたが、一定等級以上になると国または商業ギルドから強制的な指名依頼をされることがあります。業務請負にはそれぞれ等級が決まっていて、等級ごとに受けられる業務内容が異なってきます。なので広く業務を受けたい、より稼ぎたいのであれば等級を上げざるを得ないかと思います。等級を上げるには、総合ギルドの試験を受け認定を得る必要があります」

「業務請負にはありとあらゆる業務があります、害獣を狩る害獣狩人、獣の猟から食肉や皮などの採取まで行う狩人、悪党を討伐する賞金首狩人、素材採取士、探索士、護衛者、などが戦闘の関与する請負人になります。技能工とも呼ばれる請負人が建設作業人、木工作業士、皮革・裁縫作業士、薬師、鍛冶士《かじ》、彫金師などなど、もちろんそれぞれで等級分けされております。総合ギルドで仕事を受けず、店を持って商売するにしても、総合ギルドで認定された高い業務等級を持っていれば信頼に繋《つな》がりますので役に立ちますよ」

「等級については、後ほどお渡しいたします国民証に記録されますので、もしこの州を出て別の州に移られてもそちらの総合ギルドで国民証を提示いただければ変わらず業務を受けることができますよ。また、全国民の記録は一か月ごとに各州の州都にある総合ギルドおよび皇国直轄の管理地域で同期されています」

ちなみにこの世界でも地球と日時の単位はほぼ同じで七日で一週間、三十日で一か月、十二か月で一年と分かりやすくて助かる。

しかし、インターネットもないのにどうやって一か月ごとに同期しているんだろうか？　多分人力でやってるんだろうな。本当に皇国内に一億人もいるとするとゾッとする作業だ。

「国民証というのはこういうサイズのよく分からない文字が入った金属の板みたいなものですか？」

手で、一万円札ぐらいの大きさを示しながら尋ねる。

「よくご存じですね。ああ、そうか移住の際に推薦者の国民証をご覧になったのですね。あの国民証には各人の情報および精霊紋が登録されております」

「精霊紋??」

「精霊紋というのは個人を識別する証《あかし》らしく、登録時に国民証を装置にのせた状態で手を置くことで、目には見えない特殊な印をつけることができるそうです。ただ、精霊紋自体が何かは我々も分かりませんし、国民証がどういう仕組みで作用しているのかも分かりません」

急にファンタジー要素が入ってきたな……。

「大昔に『天眼の加護』というものを授かった方がいまして、その方が国民証と精霊紋とそれを製造・加工する装置、読み取りできる装置を発明されたそうです。それが今も使用されているという状態です」

「発明された方は初代メールス卿で、その子孫が今でも第四級貴族をやっており、この国で唯一、永世貴族の認定を受けています。つまりその仕組みや装置の調整・修理などをメールス一族が一手に担っている状態です。加護がどういうものだったのか、調整・修理で一体何をやっているかは一族のみに伝えられていて全く不明な状態です。ただ、今やこれがなくては皇国が成り立たない必需品となっております」

とんでもねえオーパーツじゃん、これありきであらゆることをやってるっぽいからそりゃそうなるわ。下手すりゃメールス一族が国家転覆できるレベルだと思うが、その辺は何らかの形で国として制御しているんだろう。

「次ですが……」

「以上で、説明することは終わりです、何かご質問はありますでしょうか？」

「当面の生活に必要な情報は得られました。特に質問はありません。ありがとうございました」

「何か質問や疑問があれば、気軽に皇国民総合受付までお越しください。あと皇国に関する冊子を差し上げますので、こちらをお持ち帰りください」

やや厚めのカタログのような冊子を渡される。そういや前の世界でもこの手のものを引っ越しの転入手続きで市役所に行ったらもらったな。

「そろそろ、登録手続きが終わった頃だと思います、受付に向かいましょう」

女性職員と一緒に、皇国民総合受付に向かう。職員はカウンターの中に入って、何かの紙を見る。

「ああ、必要な手続きは全部終わっていますね。あとは国民証の精霊紋登録だけですが、家名を何にするか決まっていますか？　王国出身でよく分からないということであれば、こちらで候補の提示もできますよ」

「うーん、どうしようかな……。では、ハーラーにしてください」

「ハーラーですか、それなら皇国でもそれなりに聞く家名ですから違和感ないですね、かしこまりました」

それを聞くと、奥の部屋に入っていった。俺の前世の名字が原《はら》なので、それを伸ばしてこっちの世界でも違和感なさそうな名字っぽくしてみたら正解だったようだ。

女性職員が奥からユリーが持っていたのと似た金属の板と、四角い箱のようなものを持ってきた。箱の上に金属の板をのせると、受付カウンターに置きこちらに差し出す。

「板の上に手を置いてもらえますか？」

言われたので、板の上に手をのせる。そうすると箱の中からピーッという甲高い音がしばらくしてから止まった。

手を外していいと言われたので手をのけると、金属の板を渡される。

「国民証の登録が終わりました、国民証はなくさないように気をつけてください。なくしてもこの受付で申し出いただければ再発行はできますが、その際は金札二枚（約二十万円）かかりますのでご注意ください」

再発行費用、高っ！

「これで皇国の国民登録は終わりました。今後、こちらで仕事を受けられるとのことでしたから、先に各業務窓口で登録することをお勧めします」

「ありがとうございました。ああ、そうだ、こちらのギルドでは武器の取り扱い講習みたいなのはやっていますか？」

「体捌《たいさば》きと剣、槍、弓の使い方講習は常時やっております。あちらの受付で聞いてみてください」

さて、とりあえず薬師と害獣狩人の登録だけはしとくかな。


薬師と害獣狩人の受付で聞くと、先ほどの国民証を渡してすぐ登録できた。

どちらも七級だ。七級は年齢性別など問わず無条件でなることができる。七級薬師、正確には皇国認定七級薬師は皇国で三級頭痛薬、三級胃腸薬などと呼ばれる比較的純度と効果が低めの薬の納品ができるようだ。

前に調合したヤナギから抽出した鎮痛薬を自分で調合した薬として見せると、これが調合できる力があるならすぐに五級ぐらいまでは上げられるだろうとのことだ。

さらに、効果が低めの加護回復薬・傷病回復薬が作れれば四級になれるらしい。聞けば、四級からはすべての級かつすべての薬の納品ができる。

ならささっと四級薬師にはなっておくか。当然だが、指名依頼が発生する三級にはなるつもりはない。稼ぎが増えようと余計なしがらみが増えるのは御免だ。

ヘルヒ・ノルトラエで生活して三週間経った。カンブレスでやっていたような宿屋暮らしをしている。カンブレス同等の部屋で素泊まり一泊銅貨五枚（約五千円）。共同ながら水洗トイレ付き。ちなみにこの世界の上下水道がどういう仕組みなのかはよく分かっていない。物価についてはカンブレスよりもお高めだと思う。外食にしても、一食銅貨一枚前後が相場になっている。

薬師については試験を受けて、簡単に七級から四級まで上げることができた。

試験の内容は、ある薬の調合ができるかどうかだが、採取から調合まで試験官が付き添うことになっている。

調合についてはやはり各自のやり方の機密もあるためか、個室内（外を試験官が見張ってはいるが）でやることができたので、加護を使えて都合が良かった。

害獣狩人については、六級までしか上がっていない。薬草採取時に邪魔されたら狩る程度で、基本的に依頼は受けていないからだ。害獣の一部部位を持ち帰ると討伐証明がなされ、その証明で一定以上の貢献がなされると四級までは上がることになっているらしい。

そういえば、以前にユリーが銅製のドッグタグのようなものを見せていたが、戦闘系の業務請負人が四級から支給されるものらしい、級によって色が違うんだとか。能力の程度を外ですぐ示せるようにとのことだ。

今は、王国でやってたのと同じように、薬の材料を取ってきて加護で調合し、総合ギルドに納品して稼いでいる。皇国は衛兵が町を見回っているからか、チンピラみたいなのがケチをつけてくるということは今のところは経験していない。少なくとも街中の治安は王国と比べて良好だ。

お馴染《なじ》みの切り札、『マテンニールの実』が、森の深いところではあるが皇国でも広く植生している点は正直助かった。今後も、切り札としてこの実は定期的に集めておきたい。

また、どうしても加護を使っての殺害を要求される場面を考え、奥の手として致死性が高い毒草についても調査したところ、こちらの世界にもトリカブトに酷似している毒草（こちらでは鶏冠草《けいかんそう》と呼ばれているようだ）があり皇国内にもそこそこ群生していることが分かった。

マテンニールの実のような持ち歩きに適した部分がないので、特に毒性が強い根の部分を革袋に包んだ上で金属製の箱に入れ、それをリュックの底に入れて持ち運ぶことにした。

俺の『薬師の加護』を使えば、純度が極めて高いトリカブト毒を瞬時に霧状またはパウダー状で生み出せるので、これをマテンニール同様に顔付近に生み出し粘膜や経口・経皮接触させるわけだ。

害獣でテストしてみたところ、散布後一分ぐらいで動きが急に大人しくなり、五分ほどで四肢が硬直・口から泡を吹いて動かなくなった。さすがに即死というわけにはいかないようだが、それでも十分強い。

あとはゲームなどの創作物で見かける、手足が痺《しび》れて動かないぞーみたいな麻痺《まひ》薬がないかと探したが、そんな都合が良いものは見つからなかった。まあ、マテンニールとトリカブトで十分ではあると思っている。

それから、見られている場合を考えて小麦粉が入った小さい袋をいくつかポケットに入れるようにした。これを相手に投げつけると同時に加護を発動させれば、希少な加護持ちなのを怪しまれる確率が下がるだろうとの考えだ。粉末の毒を投げつけられたと誤解するからだ。

あれから、総合ギルドの図書室で定住すべき土地を探しているが、下水道については州都であればほぼすべてで敷設されているようだ。その中でも今、定住先候補にしているのが、東の方にあるアーヘン州だ。

候補にしている理由はいくつかある。

まずは、近くに大きな森林地帯があり薬草の採取が容易そうな点。

次に、海がそこそこ距離はあるものの近めで、海の幸を楽しめそうな点。

こっちに転生して醤油《しょうゆ》は未だ見つけていないが魚醤《ぎょしょう》ぐらいはあるかもしれない。

そして、近くに大きな湖があるためか、州都ザレの特定地域には上下水道が完備しているらしい点。これなら、転生してから一回も入っていない風呂にも入れるかもしれない。貴族や豪商はどうか知らないが、こちらはお湯で拭いたり、水で洗ったりが基本なのだ。

あとは王国や小国群とは離れているので紛争とも無縁ぽい点。ここを治めている四級貴族アーヘン卿の治政も問題がなさそうな点、などなど。

ただ、ここからおそらく概算でも二千キロぐらい離れているから、かなりしっかり準備と行程を検討する必要がある。いくつかの州を経由しながら向かうことになるだろう。

金については既に金札で百五十枚以上、つまり日本円で千五百万円以上は持っているので移動するのには十分だと思っている。

ちなみに、総合ギルドには銀行機能もあり、口座開設すると国民証に貯蓄額が記録されているので各州の総合ギルドで出し入れが可能になっている。ただし利子は一切つかないが。まぁ日本の銀行の利子もあってないようなもんだったから同じっちゃ同じだ。とはいえ、この辺も王国に比べるとはるかに進んでいる。

いつ頃アーヘン州に向けて旅立つか、そもそも本当にアーヘン州でいいのか、などと考えながら今日も薬の納品を行う。

「おや、トール坊。今日も薬の納品かい？」

総合ギルドの薬師窓口にいるおばあちゃん職員はいつも俺のことを子ども扱いする。

中身は三十歳を超えているから正直違和感バリバリだ。

「ええ、鎮静薬と加護回復薬を持ってきました」

「じゃあ、この納品壺《つぼ》に入れておくれ」

納品用に各サイズ用意された壺のうち、ちょうどいいサイズのものに薬を摺《す》りきりで入れる。納入方法と検査の仕組みは王国と同じだ。多分、皇国側からこのシステムが王国に伝わったのだろう。

壷に入れた薬を、職員がじっと見る。

「……相変わらず良い腕してるねえ、トール坊。検査しなくとも長年やってる私には分かるよ。アンタ加護回復薬もわざと低品質のを作っているだろう？　そろそろ三級の試験を受けたらどうだい、確実に通るだろうよ」

「いえいえ、まだまだですよ。四級でも十分です。鑑定お願いしますね」

「まったくトール坊は、指名依頼が面倒だから試験を受けないつもりだろう？　仕方ない子だねえ……」

ブツブツ言いながら少量持って、奥の部屋に入っていった。

しばらくして検査が終わったらしい、部屋から職員が出てきた。

「鎮痛薬は一級品質、加護回復薬は四級品質なのを確認したよ。さすがだねえ。この量だから……、合算で金札一枚に銀札二枚（約十二万円）だよ。口座に振り込んどくかい？」

「ええ、全額口座に入れてください」

国民証を渡すと、四角い箱に国民証を置き、横にある数字が書かれたテンキーパッドのようなもので入力した。終わったら、金額と本日の日付が書かれた領収書をもらう。

「トール坊の薬は評判が良いからね、また頼むよ」

「ありがとうございます、また調合したら持ってきますよ」

薬の納品が終わると、今日は槍の講習会に参加する。

運が良いことに、ちょうどヘルヒ・ノルトラエに皇国で高名なアヒム・ブフマイヤーという名の槍使いが講師として来ていて、学ばせてもらっている。どうも、国境警備隊の訓練としてノルトラエ卿がたまたま呼んでいたらしい。

ブフマイヤー流は槍の流派だが、グレイブやハルバードのような先が刃状になったタイプも扱うことができる流派だ。流派としての槍術《そうじゅつ》の熟練度は、王国で学んだものとは雲泥の差がある。

この件もそうだが、オナージュからちょうどいいタイミングで出る馬車に乗れたり、皇国への移住推薦ができる人に良いタイミングで会ったりと、この世界に来てかなり運が良いような気がする。もしかするとこれも俺がもらった加護によるものなのかもしれない。単体の加護としては『天運の加護』とかいう名前だったか。

この世界に転生してから、特に衛生観念の低い王国にいた時でさえ一度も食あたりを起こしていないことからも、薬調合系の破格の加護に加えて高い毒耐性の加護も得られていたっぽいし、やはり『薬師の加護』を授けた大いなる天主と呼ばれる存在が——自分でも言っていたが——相当な大物だったんだろう。

そんなことを考えながら槍を振っていると、ブフマイヤー氏に声をかけられる。

「ふむ、相変わらずトール殿は大変筋が良い。やはり槍使いとしての天賦の才がある」

「ブフマイヤーさん、ありがとうございます」

「何度も聞くがブフマイヤー流を本家で真剣に学ぶ気はないか？　君なら、ブフマイヤー家の分家になるのも夢ではないと思うのだが」

「いえいえ、私はあくまで薬師ですよ」

「うーむ、そうか……。残念だが仕方あるまい、気が変わったら教えてくれ」

本当にアーヘンを定住の地にするのか、いつ旅立つのか、などと考えながらしばらくはこういう感じで生活を続けよう。


さらに三か月ほど経った。ブフマイヤー氏は既に町にはいないが槍は十分学べたし、金も相当に余裕ができた。あれから色々調べたが、やはりアーヘン州の州都ザレを定住の地とするのがよさそうだ。

装備も色々と整えた。鞄は四角いリュックサック型だ。カンブレスで買ったものより一回り近く大きく、さらに相当頑丈なものに買い替えた。名前は忘れたが、何とかという大きな害獣の皮から出来たもので、金札四枚（約四十万円）もするレア物だ。

服装の方は肉弾戦をまともにやるつもりはないので、革や金属の鎧《よろい》は付けていない。

厚めの布で出来た襟が付いたヘンリーネックシャツのような長袖の上衣にズボンのセットで、その上からシャツと同じ素材で出来たフード付きのコートを羽織る、フード付きなのは首を守るためだ。

なお、コートは一部オーダーでポケットは多めにしてもらった。染色はしなかったので色は生成り色だ。ただ布とはいっても、鋼蚕《こうかい》と呼ばれる虫が出す極めて頑丈な糸を使って作られた布で、刃物で切られた程度では傷すらつかない超一級品だ。特殊な折り方で刺突にも強い、つまり弓矢対策も兼ねている。

コートに上下、その予備として一セットで合わせて金札三十枚（約三百万円）もした。しかし命は金で買えないからな、バイオレンス度が日本よりははるかに高い世界なのを考えると、この出費はやむを得ない。

さらに槍も新調した、新調するのにひと悶着《もんちゃく》あったが、かなり良いものが入手できた。そのひと悶着だが……。

総合ギルドの薬師受付にいるおばあちゃん職員に槍の話をしたら、ここの武器屋が良いものを取り扱っていると紹介された。いざ来てみると、看板が薄汚れていてあまり商売繁盛していないようだ。やや心配。ノブを回してドアを開けて中に入る。

中に入ると、剣や槍、盾などが所狭しと並んでいる。見た感じどれもしっかり手入れされており、埃《ほこり》が積もっているなんてこともない。あの婆《ばあ》さんの言っていた通り、置いている物自体は良さそうだ。

奥から長い無精髭を生やした、筋肉質の小柄なおじさんが声をかけてくる。

ドワーフ？　ただ、この世界にドワーフがいるという話は聞いたことがないが。エルフやドワーフはいたりするんだろうか？

「らっしゃい！　どんな武器を探してんだ？」

「槍を新調したいと思っていまして。金額は特に決めていません、ビビッときたものがあったら買いたいです」

「俺が見繕ってやってもいいぜ、ちょっと手持ちの槍を構えて振ってみろや」

「こうですか？」

言われた通りに槍を構える。その様子を黙ってじっと見つめる店主。

「……ほお、その動きに構え。お前さん相当槍が使えるんだな、ブフマイヤー流と見た。よく見りゃ服も相当良いもの着てるじゃないか。それなのに、その槍はそこまで使っている感じはしないが狩人はやってないのか？」

「専門は薬師でして。害獣は襲われた時だけ狩ることにしています」

「それだけの腕があるのに勿体《もったい》ねえな。まあいいや、その腕ならこの辺の槍はどうだ？」

何本か槍を紹介されるが、どれもなんかしっくりこない。何本か槍を見ている最中に、ふと端っこに置かれている槍が目に留まった。しかも槍の刃が、薬師の加護を使った時の必要素材のようにうっすらとだが光り輝いて見える。

「あの黒い槍はなんです？」

「ああ、あれか。畑仕事をやってる農家が昔の戦争の遺物か何かなのか土の中で見つけたモンだ。

ただ、変な槍でまともに使えるモンじゃなくてな。農家も邪魔だから引き取ってくれってことで、二束三文で買い取ったんだ」

「へえ、そうなんですか。ちょっと持ってみてもいいですか？」

「ああ、もちろん構わねえが……」

黒い槍を片手で持って、軽く振ってみる。おおっ、持ちやすくて重量もほどほどでしっくりくる槍だな、これいいじゃん。

「見た目と違って結構軽い槍ですね、これ」

それを見て、店主は唖然《あぜん》とした表情をしている。

「お、お前それが軽いって言ってんのか？？　見た目と違って、めちゃくちゃ力が強いのか……」

「？？　見た目の通りですよ、そんなに力に自信があるわけでもないですが……」

「おめえ、その槍は俺でも両手で抱えるのがやっとの代物だぜ！　どうやって片手でしかも軽々と持ち上げてんだ!?」

「ええ…、いや普通に持ち上げてるだけですが……」

ほれと店主に槍を渡すと、ぬあっと声を出しふらつきながら受け取っている。

本人が言った通り、両手で持つだけでも精一杯に見える。ヨロヨロしながら槍を引きずりなんとか置き場に戻していた。

「おめえ、この重さの槍をどうやって持ち上げてんだ!?　どう考えても八十キーグ（八十キロググラム）以上はあるぞ!!」

「えぇっ!?　そんな重くなかったですよ、今使ってる槍と変わらない重さに感じましたが……」

そう答えると、店主は腕を組んで考えだした。

「……もしかしたら、天授の武器なのかもしれねえ。ただの噂《うわさ》だと思っていたが……」

「天授の武器って何ですか？」

「文字通りよ、天から授けられた武器ってやつだ。特殊な資格がある奴だけが使える。火が出せたり、欠けたり錆《さ》びることがなかったりする武器らしいが、御伽噺《おとぎばなし》レベルの話だぜ？」

「それがこれかもしれないと？」

「ああ、それが土に埋まってたり、湖に沈んでたり、遺跡の奥に鎮座してたりするんだとよ。おめえ以外の奴はその槍は持つだけで精一杯なんだぞ？　仮に天授の武器だとしたら、どういうわけかおめえに引かれたのかもしれねぇな。……元々あってないようなもんだし、使いこなせる奴がいるならそれに越したことはねえ！　買うなら元の買値の銀札一枚（約一万円）でいい」

うーん、騙《だま》されてないかこれ？　でも演技しているようには見えないけどな……。まあしっくりくるし、安いから騙されたと思って買ってみるか。

「分かりました、これを下さい」

ということで、買った黒い槍。一緒に槍の講習を受けていた人に、試しに渡してみたらやはり持つだけで精一杯なようで、「てめえ殺す気か、腕がちぎれるかと思ったわ！　なんてもん持たせるんだ！　というかお前そんなもんよく持ち歩けるな、どんな腕力だ！」と怒られてしまった。

国民証以外では、急にファンタジー感が出てきた武器が手に入ってしまった。害獣退治で使ってみたが、前の槍よりも頑丈な上に斬れ味も抜群で、非常に使い勝手が良い。

これも加護のおかげで使えるのだろうか？　まあ、使えるもんは使えるんだしラッキー程度に思っておくか。

ともあれ、アーヘン州に向かう時がついに来た。夢の文化的のんびり生活に向けて、さらなる前進だ。

二話　東への旅の始まりと盗賊団の撃滅

アーヘン州に向かうと決めたヘルヒ・ノルトラエでの最後の夜。前もって考えておいた、今後の流れを再度思い起こす。アーヘン州の州都ザレに向かうルートについては既に検討済みだ。具体的には、ノルトラエ州からジーゲー州、レムシャント州を経由して皇国管理区域に入る。

皇国管理区域は皇国の中央にあるかなり広大な国直轄の統治エリアだ。文献などを見ると、やはりここが一番文化的に発展しているらしいので、しばらく滞在してみる予定にしている。ここで色々この国の見聞を広げたい。

そこからベンネン州を経て、ようやく目当てのアーヘン州に入ることができる。ただ州境の辺りにヴァンド湖というかなり大きな湖があり、これを越える必要がある。ここを越えて少し行くとやっと州都ザレに着く。

もちろん州都から州都へ直接行けるような距離ではないので町から町への移動が基本になる。移動については、割と頻繁に馬車の定期便が出ているのでそこまで不便ではない。

王国とは違い、道の整備がそれなりに進んでいるのもあり基本的には朝出て夕方には次の町に着く感じで野宿の必要はない。

文明レベル的に蒸気機関ぐらいあってもよさそうだが、少なくとも皇国内の各州には高速な長距離移動手段はないらしい。『加護』とかいう訳が分からん力があるから、地球とは別のエネルギー源があったりするかもしれない。その辺は皇国管理区域で何か分かるかもしれないな。

路銀については、それぞれの州の総合ギルドに行けば国民証を使って引き出せるので大量に持ち歩く必要はない。ただ途中の町でお金を引き出せない場合もありそうなので、二十連泊できるぐらいを目安に多めには持つようにする。

装備については先日購入したものに加え、マテンニールだけはしっかりと補充しておいた。野宿はしないので食料は持っていかない。

万一を考えて水だけは持っていくことにした。ただ、水については加護で極端に薬の濃度が薄い水薬《すいやく》を作ることができるのは試せたので、砂漠ででもなければその辺の草から水も生み出すことができてしまう。しかし薬師《くすし》の加護、汎用性《はんようせい》が高すぎるな。

急ぐ旅でもないので、名産があったりとかで気が向いたら途中の町に何日か滞在してみてもいいかなと思っている。まずはジーゲー州の州都ヴィトゲを目指して馬車を乗り継いで進む感じだ。

この町でやり残したことがあるか考える。……特にないな。予約済みの馬車に朝一で乗り込んでこの町を離れることにしよう。ユリーに一声挨拶していくかとも少し思ったが、そこまでしなくてもいいか。

朝一にヘルヒ・ノルトラエを出る馬車に乗って、次の町へ向かう。もちろん、その町はまだノルトラエ州だ。

王国で馬車に乗った時のように賊《ぞく》が出ることもなく順調に町へ着く。ヘルヒ・ノルトラエに比べるとかなり小さい町だ、それでも宿泊所はあるし、雑貨屋や食事処《しょくじどころ》もある。馬車便はそこそこの規模の町向けにしか出ていないので、やはりその辺は心配する必要はなかったようだ。

そんな感じで、割と移動は順調でジーゲー州に入った。少し手持ちが減ってきたので、ジーゲー州のボルンという町に着いた時、総合ギルドで金を下ろすことにした。

ボルンは数万人規模の町だろうか、それなりの規模の町という感じ。総合ギルドは三階建てで、王国のカンブレスの町にあった総合ギルドと同じぐらいの大きさだ。

総合ギルドに入って、銀行業務受付窓口に向かう。当然、ＡＴＭなんかないのですべて受付で手続きをする必要がある。受付のお姉さんに声をかける。

「すみません、銀札十枚（約十万円）引き出したいのですが」

「かしこまりました、国民証の提示をお願いします」

国民証を渡すと、四角い箱のようなものの上に置く。ピーッという音が鳴り、それが終わると箱に接続されている板の上にある紙にインクが浮き出る。身分と銀札十枚と記載されているものだ。紙をじっと見つめ時間をかけて確認してから奥の部屋に持っていった。しばらくするとお金を持って戻ってきて国民証と一緒に渡してきた。

「（普段、こんなに紙をじっと確認したりしないはずだが……？）」

「銀札十枚になります、ご確認ください。残高照会もされますか？」

「ありがとうございます。残高照会は不要です」

手続きが終わったので、早々に去ろうとすると呼び止められる。

「トール様、少しお待ちください。先ほどの国民証を確認したところ、トール様は四級薬師と六級害獣狩人とのことですが、この町で依頼を受ける気はありませんか？」

「うーん、実は移動中でしてこの町に長く滞在するつもりはないんですよね。なので申し訳ないのですが依頼は遠慮させてください」

「……そうでしたか、お引き留めして申し訳ありませんでした」

軽く礼をされた。何か知らないが面倒事のにおいがするから、とんずらするに限る。今日はもう遅いから馬車便が出ていない、明日早々にこの町を離れよう。さっさとギルドを出て、今日の宿を探そうとしていたその時だった。

「ちょっと、待ってくれんかのう？」

この面倒事からは逃げられないかもしれない……。そう思いつつ声をかけられたほうを見ると、老人と高校生ぐらいの見た目の女の子がいた。老人の方は頭が禿《は》げ上がっていてサイド部分が白髪だ、身なりは冒険者風に見える。

女の子はきれいというよりは可愛《かわい》い系のショートの赤髪で俺が着てるのと同じような素材で出来たゆったりしたローブを纏《まと》い、長い剣を腰に差している。パッと見の印象だが、どちらもそこら辺に住んでる地元住民という感じではない。

「すまんな、トール殿。少しこの老いぼれの話に付き合ってもらえんか？」

俺の名前を知っている？　ということはさっきの会話を聞いていたのか？

「そうは言われても、こちらは用事がありませんが」

「まあまあそう言わずに、コーヒーは好きかね？　わしが奢《おご》るぞ」

そういえば、皇国にはコーヒーがある。皇国の南の方の地域でコーヒー豆が栽培されているからだ。ただ栽培量がそれほど多くなく、加工費・輸送費が地球とは比べ物にならないぐらい高いので、結果としてコーヒー一杯の価格がかなり高く、おおよそ銅貨四枚（約四千円）前後が相場だ。

転生前はコーヒーを愛飲していたので、こちらでも度々飲んでいる。皇国に出回っているのは酸味が少ない種類のようで、地球で飲んでいたコロンビア種に似ている。

砂糖はあるが、牛乳やクリームのようなものは使用しないのがスタンダードなので、どこでもブラックで飲まれている。

俺は『薬師の加護』の恩恵ゆえに毒や細菌・ウイルス耐性が常人と比べて極めて高く腹を壊しにくいはずなので、そのうち牛乳を使ってカフェオレも飲みたい。

話が逸《そ》れたが、この老人には付き合わないほうがいいと俺の勘が告げている。

「いやあ、知らない人にコーヒーを奢ってもらう謂《いわ》れもないですし、遠慮しますよ」

「ふむう……、なかなかどうして手ごわいのう。では先に自己紹介をさせてもらおうか。わしの名前はエッボン、こちらの名前はアライダじゃ」

少女が一礼をする。

「先ほど、総合ギルドの受付から依頼を受けないか尋ねられたじゃろ？　それにわしも嚙《か》んでおってな。腕の良い薬師、それもできればそれなりに腕の立つ者を探しておるんじゃ。トール殿は薬師としてはもちろん、狩人としても相当な腕じゃな？　六級とはいえ、その槍《やり》と佇《たたず》まいを見れば分かる。その感じだと報酬には興味なさそうだが、金札十枚（約百万円）の仕事じゃ」

荒事のにおいがするな、また討伐系か？　皇国ではそこそこ戦える薬師というのが思ったより少なく、この手の面倒事にヘルヒ・ノルトラエでも割と誘われることが多かった。

もちろん傷病回復薬は持っていくが、戦力にもなる万一の備えというやつらしい。この世界にヒーラーはいないからな、ホ◯ミやケ◯ルを使える人間はいない。

とはいえ、希少な薬師をなぜ荒事に直接連れていくのかは少し疑問が残る、何か理由があるのだろうか？

「仰《おっしゃ》る通り、報酬額には興味ないですねえ。やはり仕事をやるつもりはないです」

「ふむ……、困ったな。ところで、トール殿は旅をされているようじゃがどこまで行くか予定は決まっておるのか？」

「ええまあ、一応行き先は決まっていて、ゆっくりとそこに向けて旅をしているような感じです」

「薬師ということじゃし、例えばその行き先で薬屋をやったりなんて予定があったりとか？」

「といいますと？」

「こう見えてわしは顔が広くての、もし土地や物件なんかを探すのであれば良いところを紹介できるのじゃが。州都なら皇国中のほとんどを網羅しておるし、もちろん割引も相当きくぞい」

「(ふーむ、最終的にアーヘンの州都ザレでのんびり薬屋でもできれば良さそうではある……。だが、行き先が得体の知れないジジイに知られるのはどうか、素性を詳しく聞いてからなら大丈夫かもしれないが。これも加護の運の良さからくる引きの可能性もあるし……。悩むが言ってみるか？)」

少し逡巡《しゅんじゅん》してから、決心する。

「今のところは、アーヘン州の州都ザレを目指している感じです。あくまで今のところはですが」

「ふーむ、アーヘンか……」

エッボンは鞄《かばん》から分厚い手帳のようなものを取り出し、眼鏡をかけてパラパラめくってとあるページを凝視する。

「(この世界にも老眼鏡があるんだな、つまりガラス工業は発展してるのかも)」

「……ザレなら、そろそろ引退を考えている老夫婦がやってる薬屋があるな。土地と物件はかなり良いところにあるぞ。老夫婦は別業態には売らんが、腕の良い薬師になら格安で譲ってもいいと言っておるところじゃ」

「つまり？」

「依頼をわしらと一緒に受けてくれるなら、紹介状を渡そう。自分で言うのもなんじゃが、わしの紹介状はかなり強力じゃぞ？　ザレで薬屋として十分な店舗の確保ができることは確約できるが、どうかね？」

ニニニコ笑顔でこう言う爺《じい》さん、受けることを確信してる顔だな。

だが断る、ってどこかの岸辺さんみたく言いたくなるけど、条件やおそらく加護からきてる運の良さを考えると引き受けるのが吉か。

「分かりました、まずは依頼内容と条件を話し合わせてください」

「良い返事じゃ、さっそく話し合おうではないか。ここボルンに良いコーヒーを飲ませる店があるんだ、そこへ行こう」

老人と連れの女の子、エッボンとアライダと共に喫茶店のようなところへ移動した。個室もあるお高めの店だ。

「ここのコーヒーはなかなか飲ませるぞ。トール殿はコーヒーは好きかね？」

「値段が値段なので頻繁には飲みませんが、割と好きですよ」

「それは結構。先に言った通りここは奢るから存分に楽しんでくれ」

コーヒーが運ばれてきた。うーむなかなか良い香りだ。割と高級な店だからか砂糖も席に置かれている。ちなみに砂糖はそこそこの高級品で、この国では甜菜《てんさい》から製造しているらしい。

砂糖をスプーン一すくい入れてから飲んでみると、コクのある苦みが広がり味も良い。この世界に来て飲んだ中では一番出来が良いコーヒーだ。焙煎《ばいせん》や豆挽《ひ》きがうまい店なのかも。

エッボンはブラックのまま飲んでいるが、向かいに座ったアライダはめちゃくちゃ砂糖を入れている、あれだとゲロ甘ブラックコーヒーになるぞ。

「さて、トール殿。依頼の内容の前にわしの詳しい身分について説明をさせてもらおう。多少なりとも疑っておるじゃろうし。わしはエッボン、正確にはエッボン・ヴィースバーデ。ヴィースバーデ州を治める現当主アルフォンス・ヴィースバーデの先代にあたる。ヴィースバーデ州は商業が盛んでな。商人とも交流が深い。なのでその方面への顔が広いというわけじゃ。このコーヒーも実は我が州で栽培されておるものでの」

「それでザレの情報もお持ちだったということですか」

「いかにも。さらに身分を疑うのであれば、ギルドで証明してもよい。依頼について説明してもいいか？」

「ええ、伺います」

「まず説明の前にこの依頼と結果がどうであれ、他言は無用に願いたい。もしもの時はヴィースバーデ家として対処が必要になる。失礼ながら前もってトール殿の素行については総合ギルドに聞いている。その上で信用に足る人物ということで依頼をしたいと考えたのじゃ。もちろん、ボトロック家の娘とのいきさつも含めてのことじゃ」

「(なるほど、一通りのことは知った上で信頼に足ると判断したから依頼したかったのか)

　承知しました、他言しないことはお約束します」

「では話すぞ？　依頼というのはとある盗賊団の捕縛または討伐じゃ、近いうちにボルンから少し行ったところにあるヨダ村を襲うという情報がある。身内の話で恥ずかしい限りだが、その盗賊団にヴィースバーデ家筋の者がいるという噂《うわさ》がある。あくまで噂の話だが……。だが事実であれば、醜聞をさらし続けていることになる故、家として早急かつできれば内密に対処することにしたわけじゃ」

「しかし、わざわざ先代当主がその対応をするんですか？」

「当主の座を降りてから気楽な身となった故、今は皇国全土を旅しておっての。旅をしてる途中にその話を聞いて、本当ならまずいのでわしが対処してしまおうというわけじゃ。トール殿は薬師としての腕が良いと聞いておる上、槍もそこそこ使えるとか？　盗賊団を討伐する時の種々のサポートをお願いしたい。盗賊と戦うのは基本的にわしらがやる、トール殿の役目はあくまでも補助になる。報酬は先ほども言ったが金札十枚（約百万円）とザレにある薬屋の土地建物購入の紹介状じゃ、もちろん使った薬代などは別で支払わせてもらう。この条件でいかがか？」

水戸黄門みたいなことをしてるジジイってことか。正直、金札十枚は安い気がするが、紹介状は欲しい。人間相手なら、『薬師の加護』を使えば最悪の事態も切り抜けられはするはず……、よし。

「分かりました、お引き受けしましょう」

「大変結構。急ぎで悪いが、明日の朝にはボルンを出てヨダ村に向かいたい。馬車で丸一日ほどかかる。その後、盗賊団が来るまで村に泊まりになるやもしれぬ。馬車のチャーターはこちらでやっておく故、物資類の準備だけして早朝に北の馬房に来てほしい。あとこれは今晩の宿泊代じゃ、取っておいてくれ」

そう言われて銀札一枚（約一万円）を渡された、なかなか気前が良い爺さんだ。その後、盗賊団の詳細やどういう仕事になるかなど、詳細を打ち合わせた後、明日に備えて宿を探しに行った。

◇　◇　◇　◇　◇　◇

トールが店から去ってから、コーヒーを飲みながらエッボンが話しかける。

「アライダ、トール殿はどうじゃ？」

さっきまで大量の砂糖を投入したコーヒーを飲んでいたアライダが答える。

「身のこなしを見るにそこそこの使い手のようです。そしてあの槍、あれは相当な逸品と推察いたします、もしかすると天授やもしれません」

「やはりボトロックの娘の見立て通りか、まだ十五やそこらの年齢と聞いておるが、あの落ち着いた態度。わしが貴族と聞いて驚いた様子もなかったな。ヴィースバーデも南西には爆弾を抱えておる故、身内の恥を正すついでに使える輩《やから》には唾をつけておきたいのう」

◇　◇　◇　◇　◇　◇

エッボンとの話し合いの翌日、打ち合わせの通り早朝に馬房に行くと、エッボンとアライダに加えて、武器と防具を装備した男が三人いた。

「おはようございます、エッボンさん。そちらの方々は？」

「おはよう、トール殿。こちらはわしの部下じゃ。三人ともなかなかの使い手じゃぞ」

三人に軽く礼をして、さっそく馬車に乗り込みヨダ村に向かう。昨日聞いた話だと五十～六十キロメートルぐらい先だろうか、石で舗装された道を馬車で進む。

夕方に差し掛かるあたりになって、遠くに村のようなものが見えてきた。騒がしい音がかすかに聞こえるし、様子に違和感がある……。

「…エッボンさん、なんか騒がしいですし、村から煙のようなものが上がってませんか？」

エッボンが荷物から望遠鏡のような筒を取り出し、注意深く村の方を見ている。

「うーむ、あの煙は生活の煙ではない。まさか、明るいうちから村を襲ったのか？　アライダ、先行して行け!!」

「承知！」

アライダが馬車から飛び降り、短距離陸上選手にも匹敵するような凄《すさ》まじい速さで村に向けて走り出した。

「御者！　馬車も急がせろ!!」

頷《うなず》いた御者が手綱を操作し、馬車のピッチも上がる。

「総合ギルドからの情報だと村への到達はまだ先とのことだったが……、ぬかったな。村に着き次第、盗賊団を討伐し村を守れ！　トール殿も頼んだ！」

「(頼んだって……。うわあ、大変なことになっちゃったよこれ。あくまで補助だって言ってたのになあ……)」

村に着くと、火矢でも使ったのか一部の家屋から火が上がっている。そこかしこから叫び声も聞こえる。

「散開して、村に入った盗賊団を討伐しろ!!」

エッボンと三人が散開して村へ走る、エッボンは長い棒を持っていたから棒術使いみたいだ。

御者を守る人がいないが、御者も剣を装備しているのでそれなりに戦えそう。もしかするとこの人もエッボンの部下なのかも。

正直困ったことになったなと思いつつ、俺も続いて村を見回って歩くと、すぐに先行していたアライダが見つかった、さらにその周りに剣を持った小汚い男が三人。

「立派な剣を持ったお嬢ちゃん、勇ましいねえ。俺たち三人相手で戦えるのかなあ？」

「十分に痛めつけた後、たっぷりと楽しませてあげるからねえ」

ハハハハッと三人で笑う。その刹那《せつな》、凄まじい速度でアライダが抜刀したらしい。らしいというのは速すぎてほぼ見えなかったからだ、悪党の首に向かって振り抜いた日本刀のような片刃の剣をそのままゆっくり上段に構える。

「……は？？？」

ぽとっ……。

言った男の首が背中側に落ち、首から血が噴き出す。これは抜刀術みたいなものか？　ユリーも良い腕だとは思ったが、そのユリーとですら比べ物にならないレベルの達人のようだ。

「なっ!?」

「え??」

突然の出来事に動きが固まっている二人に高速で剣を振るい、残りの首も簡単に落としてしまった。剣を軽く振って血を払いさらに悪党の服で拭《ぬぐ》いながら、こちらに話しかけてきた。

「トール殿、私はこちらに向かいますので、そっちをお願いします」

「……ええ、分かりました」

もう全部あいつ一人でいいんじゃないかな、というセリフが一瞬頭をよぎったが、そっちをと言われたほうを見て回る。

出会う村人には「総合ギルドから盗賊団討伐に派遣された者だ。とにかく家に入って鍵を閉めろ」と言いながら見回っていると、小さい家の扉からどう見ても悪党にしか見えない輩《やから》が二人出てきた。

家の中からは甲高い女性の叫び声が聞こえる、こりゃ確実に良からぬことになってるぞ。二人がこちらに気づく。

「ああ？　なんだてめぇは、バルトルさんが今からお楽しみを始めようとしてんだ。邪魔すんじゃねぇ」

「始めようとしてるなら、まだ間に合うかもしれないですね」

「へへへ間に合わねぇよ、てめえは俺たちが今から殺すからな」

二人が剣を抜くと同時に、小麦粉が入った小さい袋を投げつけた。袋は簡単に剣で叩《たた》き落とされた。

「はん、なんだこりゃ？　こんなもんでどうにかなると思ってるのか……あああ！　目が痛《いて》えええ!!!」

「何も見えねぇ!!　くそぉ!!　てめえ何を投げつけやがった!?」

小麦粉を投げつけると同時に、いつものように『薬師の加護』で悪党の目の前にマテンニールを霧状散布したのだ。うん、これなら加護を十分誤魔化《ごまか》せるな。

「今から死ぬんだから、何したか知っても仕方ないでしょ」

手早く、二人の腹を槍で深く突く。叫び声をあげつつ倒れ、動かなくなった。念のためもう一度腹に槍を突き刺してから家の中に入ると、助けてやめてと叫び続ける少女を押さえつけて服を破っている半裸の男がいた。

少女の顔には殴られたような跡もある。男は背を向けているから、こっちに気づいていないようだ。

「大人しくしろ、今からお前を女にしてやる！」

間一髪間に合ったようだが……。こういうのは好きじゃない。極めて不愉快だ。怒りに任せて男の股間を後ろから思いっきり蹴り上げた。

ちなみに今履いている靴だがつま先の部分に金属が入っているショートブーツだ、いわゆる安全靴のようなタイプ。なので蹴るだけでも相当な威力があるだろう。

「○×△☆♯♭●□▲★※！！！？？？」

よく分からない叫び声をあげて、男がもんどり打って倒れ、股間を押さえて震えている。ボールが一つ二つ無くなってしまったかもしれない。少女に助けに来た旨と、そっちで大人しくしているよう指示をすると、震えながらも小さく頷き移動した。

目や鼻や口から色んな汁を垂れ流している男が、なんとか立ち上がり股間を押さえながらこちらを睨《にら》みつける。プルプルしながらも、置いてあった片刃の大きな刀を持ち上げる。

「……てめえだけは絶対許さねえ、絶対に許さねえぞ!!!」

言うか言わないかのタイミングで素早く近づき、そいつの左の肩口に向かって槍の刃を上から振り下ろすと、男は両手で刀を持ち、槍を頭の上で受け止めようとした。

が、受け止めきれず、そのまま槍の刃が肩口までめりこんだ。

「があっ！　馬鹿な、てめえなんて怪力だ!?　……やめろ、やめろぉっ!!　頼む、助けてくれ……」

「今までそう言ったであろう善良な人たちにあなたは何をしたんですか？」

そう言って一気に押し込むと、肩口から腹のあたりまで槍の刃が入って鮮血が噴き出た。

「ぎゃぁっ!! ??」

短い断末魔の声をあげ、男はあおむけに倒れた。多分即死だろう。うわっ、血がコートに付いたじゃないか。きったねぇ。

さて、俺は特別力が強いわけでもないのに、こんなトンデモパワープレイができたのには当然理由があるわけだが……。

「お父さん……お父さん……」

声に気づいて少女を見るとうつぶせに倒れた父親とおぼしき男に泣きながらすがっている。近づくと少女がビクッとしたので、声をかけてから男性の脈を見てみたが既に亡くなっている。

腹部分に大きな血だまりがあるから、残念だがレベルの高い傷病回復薬を使ったところでもう手遅れだ……。

「思うところは色々あるだろうが、まずは自分の命のことを考えてほしい。鍵をかけて家の中にいてください」

うつむいたまま少女がちいさく頷いたのを確認してから、家を出た。この様子だと他の家でも似たようなことが多かれ少なかれ起きてると考えたほうがよさそうだ。


あの後、村を見て回るとロクデナシが何人か襲いかかってきたが加護のマテンニール霧状散布のコンボで楽に討伐できた、『薬師の加護』さまさまだ。そう思っていると片手には手斧《ておの》、もう片方には出来は粗末ながら木製の大きな盾を持った盗賊団の一員が物陰から急に襲いかかってきた。

「てめえ!!　ぶっ殺してやる!!」

盾に向かって、槍を素早く突く。

「盾に向かって攻撃するとか馬鹿じゃねえのか!?　なあっ!?」

槍が盾を軽々と破壊し、貫通して盗賊の腹に深々と突き刺さる。

「そ……そんな馬鹿な……」

そう、腹を刺されてたった今絶命した盗賊の言う通りで、そんな馬鹿な、だ。普通の人間が普通の槍を使ってこんなことができるわけがない。先ほどのバルトルとかいう悪党の肩から腹まで一気に裂いたのも同じことだ。

これは、ヘルヒ・ノルトラエで買った黒いグレイブ状の槍の効果に他ならない。この槍を買ってから色々試した結果、二つの特徴があることが分かった。

一つ目の特徴は極めて頑丈だという点だ、どんな硬いものに叩きつけても歪《ゆが》んだり刃こぼれ一つしない。斬れ味も相当良いのに、その斬れ味が落ちないのも強みだ。どんな素材で作ったらそうなるのか謎でしかない。

二つ目の特徴は、俺以外が持つと尋常じゃなく重いという点だ。販売してくれた武器屋のオヤジが八十キロ以上あると言っていたアレだ。

この重さというのは対象や対象が持つ武器などに触れた時点で発動するらしい、つまりこちらの斬撃を受けた・斬られた相手は八十キロ以上ある刃物で高速で斬りつけられたようになるということだ。

確か、日本に現存する一番大きな太刀が八十キロぐらいだと何かで読んだな。全長が五メートルぐらいある特大剣だったはず。そんなものを使える人間は破軍と名乗る巨人のようなフィクションの世界の住人ぐらいしかいないだろう。

他に八十キロというとそこそこのサイズのスクーターと同じ重さになる。

先に刃物を付けたスクーターが突っ込んでくることを想像してもらいたい。その上その刃物は尋常じゃなく頑丈で斬れ味も良いわけで、多少の力自慢であっても普通の人間がこれを受け止めることができるのかという話だ。

それでいながらその反作用が槍を持ってる俺に来ることがない、という点が便利すぎる。こっちからすると普通に取り扱ってる感覚だ。

『薬師の加護』だけでも破格の性能だが、この武器も相当なものだ。こんな武器にめぐり合うという点から考えても、やはり加護の恩恵の一つに天運なり強運なりも含まれているのは確実だろう。

概《おおむ》ね見回ったところは落ち着いたので、馬車の方向へ戻ると何か騒がしい。騒がしいほうへ向かうと、服装がやたら立派で両刃の剣を持った金髪の男が何やら叫んでいる。

「ジジィ、てめぇ俺の邪魔ばっかりしやがって鬱陶《うっとう》しいんだよ!!」

アイツが盗賊団にいるっていうヴィースバーデ家の関係者かな、醜悪なツラしてんなあ。見ると、その男の前にエッボンとアライダが対峙《たいじ》している。

「御屋形様、この場で処分しますか？」

「待て。ゲスタフまさかお前がこんなことまでするようになるとは嘆かわしい限りじゃ、領地に戻って然《しか》るべき沙汰を受けよ」

ええっ、この場では生かしとくつもりなの？　盗賊団に入ってるような外道を？

「うるせぇクソジジイ、死ねっ!!」

男がエッボンに剣で襲いかかるが、棒でうまくいなされ肩口を思いっきり叩きつけられて体勢を崩したところで、滅多打ちにされている。へー爺さんもなかなかやるもんだ。

「げっ！　がぁっ!!」

滅多打ちされた後、頭を強く打たれたと思ったら白目を剝《む》いて倒れてしまった。アライダが倒れた男の手足をきつく縛り上げる。こっちに気づいたエッボンが振り向き、俺だけに聞こえるような小声で話しかける。

「こいつが盗賊団の首謀者じゃ。ヴィースバーデ家筋の人間がいるやもとの噂だったが、まさかわしの孫だとは夢にも思わなんだわ……。ヴィースバーデの情報網を悪用していたようじゃ……。村の者たちには到底顔向けできん」

「ここで殺さないんですか？　状況から鑑みるにさっさと処分したほうがいいと思いますが」

「……言いたいことは分かるが、ヴィースバーデに連れ帰ってそこで沙汰を受けさせたい」

村の人たちに爺さんの身内、しかも現ヴィースバーデ州を治める貴族と近しい身分の者だと知られたらまずいだろうに。内密に処理したいとか言ってたが随分身内に甘いなあ、ジジバカか？

「そうですか、分かりました」

一緒に来た三人がこちらに走ってきた、軽傷は負っているようだが全員無事なようだ。

「御屋形様、村内の盗賊団はすべて片付きました」

「ご苦労じゃった、続いて被害にあった村民の補助を頼めるか？」

「承知いたしました」

盗賊団が片付いたと知ったのか村人たちが集まってきて、その中から出てきた老人が声をかけてきた。

「総合ギルドから来た方でしょうか？　私はここの村長です。助かりました、ありがとうございます。この男はいかがいたしましょうか？」

「盗賊団の首領故に総合ギルドに引き渡したいと考えておる。明日連れて帰るので、使っていない家か納屋のようなところに一晩閉じ込めておいてはもらえんか？　加えて悪いが、今晩はこの村に宿泊させてもらいたい。もちろん宿泊代は払う」

「分かりました」

ぐったりした男を、村民の男性が二人で運ぶ。

「私が付き添いますよ。村民の救助・補助はそちらにお任せします」

「トール殿、面倒をおかけする」

遠巻きに見ている村民はみな憤懣《ふんまん》やるかたない顔をしている。そりゃそうだ。

盗賊団の首謀者の男は村民の男性二人に汚い納屋のような場所に運び込まれ、放り投げられる。

それと同時に目を覚ましたようだ。手足を縛られているので芋虫のように暴れながら、叫びだす。

「てめえら、こんなところに俺を閉じ込める気か！　ぶっ殺してやる!!!」

おうおう、こんな状況にもなって随分と威勢が良いな。と思ったら、突然大声で笑いだした。

「ハッツハッツハ、てめえら俺がこれで終わりだなんて思ってるんじゃねえだろうな？　こんなナリでも俺は貴族の一員なんだ、つまり特権がある！　総合ギルドで沙汰を受けたところで、死刑にはならねぇ!!　せいぜい禁錮刑それも環境も悪くねえ禁錮刑だ。ざまあみろ！」

さすがに爺さんの身内だとは言わないんだな。まあバレたら爺さんでもさすがにこの場で殺さざるを得なくなることぐらいは分かってるのか。運び込んだ村民が、憤怒の形相で睨んでいる。

「こんな奴に俺の親父《おやじ》が……!?」

「くそっ……」

「盗賊団の被害はどんなもんだったんですか？」

「ああ、うちの親父を含めて何人かは殺されちまったよ。酷《ひど》いのになると強姦《ごうかん》の被害にあった上で殺された女もいる。そういや、あんたはアリーセをギリギリのところで助けてくれたんだってな、本当にありがとう。アリーセの親父は残念なことになっちまったが……」

「見てるだけで腹が立ってしょうがねえ、正直この手でこいつを殺してしまいてえよ!!」

「なるほど、お悔やみ申し上げます。ところでこれは独り言なんですがね。やっぱり腐ってもお貴族様ゆえに、突然自責の念にかられて、私はなんてことをしてしまったんだと後悔されるってことがあると思うんですよ」

その言葉に、縛られた男が叫ぶ。

「……⁉　てめえ、何を言ってやがる！」

「それで、深い自責の念ゆえに自分の体を傷つけるなんてこともあるかもしれません。たまたまロープが緩んでいて手が自由になって、たまたま棒のようなものが落ちていて、それで自分の頭を自分で殴りまくるとか？」

二人の村民が怪訝《けげん》な顔でお互い見合っている。

「自戒で殴りまくった後にふと気づいたら納屋の端にナイフのようなものがたまたま落ちていて、最後はそれで自決するなんてことも考えられますね。何せ恥ずべき行為をしたお貴族様なわけですから、自らの処し方ぐらいはよくご存じだと思うんです。縛りつけた後、扉を閉めて外を見張っていたのでは、そうなったとしても誰も分かりませんよね。死人に口はありませんので」

縛られた男は、言わんとすることを理解したのか顔が青くなってきた。二人の村民は小さい声で話し合った後、こちらに小声で尋ねてきた。

「……あの爺さんたちは知っているのか？」

「？　何の話です？　私は悪党を納屋に連れてくるのに付き添って、閉じ込められたのを確認してからその後は宿で一泊するだけですよ」

「おいっ！　てめえ、そんなことが許されるとでも思ってんのか⁉　俺は貴族だぞ‼」

「うるさいので猿轡《さるぐつわ》をしたほうがいいかもしれませんね。では、これで。あとはお任せしても大丈夫ですかね？」

村人がさっそく納屋に落ちていた汚いぼろきれで男の口をふさぐ。

「ああ、本当にありがとう。こいつのことは俺たちに任せてくれや。しっかり見張っておくよ」

その言葉を聞いて納屋から離れる、少しすると納屋の方からドガッというような低い音と、くぐもった叫び声のような音が聞こえる気がするが、多分気のせいだろう。

村にある唯一の宿で、爺さんらと合流した。状況をすり合わせた結果、さっきの爺さんが言ったように盗賊団のリーダーが先ほど捕らえられた爺さんの孫。

名前はゲスタフ・ヴィースバーデ、現ヴィースバーデ領主の弟の子どもらしい。

現領主の甥《おい》が盗賊団に入ってあまつさえ他州で好き放題やってたとか、他の貴族や皇国上層部に知られたらタダじゃ済まないのでは？

副リーダーは俺が殺したバルトルという男だ。怪力自慢だったそうだが俺のトンデモ性能の槍からすれば相手にすらならなかった。

盗賊団は全体で五十人ほどにもなるそこそこな規模で、ジーゲー州の村を転々として荒らしまわっていた。

ここの州は元々農業や畜産が盛んで、州全体が平穏なのもあってか軍隊の規模が小さめで練度が高くないのを知ったゲスタフが目をつけていたようだ。名前に相応《ふさわ》しいゲス野郎としか言いようがないな。

盗賊団はほぼ全員死んでおり、生き残ったのはゲスタフと他二人だけとのことだ。その二人のうち一人は片腕の肘から先がなくなった状態で、もう一人は腹に深い傷を負っているので数日で死にそうな感じらしい。ゲスタフが爺さんの身内の貴族だから生かしているということまでは、村の人は知らないんだろう。

なお、この手の悪党に傷病回復薬を使っても勿体《もったい》ないから最低限の手当てだけしている状態だ。どちらもゲスタフとは別の場所に縛った上で閉じ込めている。そういうことなら、一人ぐらいは証言用として連れて帰れるかな？　ちなみに盗賊団の死体については、こちらの村で燃やして処分するそうだ。

「明日の朝一で、ゲスタフを含めた盗賊団の生き残りを連れてボルンの総合ギルドに向かいたい。そこでトール殿の報酬もお渡しして解散とする」

「分かりました、こちらはそれで構いません」

ゲスタフを生身の状態で連れて帰れるといいけどな。

一晩経《た》って、爺さんたちと一緒にゲスタフが捕らえられた納屋に行くと、村人が大勢集まっていた。

「何かあったのかの？　まさか逃走したとか……」

「ああ、中を見てください」

中を覗《のぞ》くと、本人と判別できないぐらい顔がはれ上がったゲスタフが倒れていて、腹には複数回刺したような傷跡とおびただしい血痕、そしてナイフが腹に突き刺さっていた。縛られていた縄は切られている。

昨日、ここにゲスタフを運んだ男のうちの一人が言った。

「一晩中外を見張っていたんですが、今日になって中を見たらこんな状態になってまして」

爺さんはそれを聞いて、眉間にしわを寄せ怪訝な顔をする。そこで俺がわざとらしく、こう言った。

「なるほど、彼は落ちぶれて盗賊になった元貴族と聞いています。エッボンさんに打ち据えられ自分がやった罪に初めて向き合うことができたのでしょう。そして、罪に耐えきれなくなって自らを殴り、たまたま納屋に落ちていたナイフで自刃されたのに違いないです。エッボンさん、今さら手遅れとはいえ貴族として立派な最期を遂げたと言えるのではないでしょうか」

「いや、トール殿……」

「えっ？　何か他にありますか⁇　ジーゲー州の落ちぶれた貴族に何か特別な感情でもおありですか？」

さらに難しい顔をするエッボン、そして目を瞑《つむ》って何かを考えているように見える。しばらくして小さい呟《つぶや》くような声を出す。

「……そうじゃな、あい分かった。この死体は盗賊団首領ゆえ、総合ギルドに提示する物証として持っていくこととする。アライダ、ザームエル頼む」

「承知仕《つかまつ》りました」

アライダと一緒に来た部下の一人が、村人と相談し大きなずた袋のようなものをもらい、手早く遺体を布でくるんでから、その袋に入れた。肩に担いで運ぶのはザームエルと呼ばれた男のようだ。ちなみに他の二人は、生き残った盗賊団の二人を閉じ込めたところに行っている。

連れだって馬車の方へ向かって歩いていく途中、ふと納屋の方を振り返ると、集まっていた村人たちがみな俺をじっと見つめているのに気づいた、そして深く頭を下げた。軽く手を上げて応えて、足早に馬車へと向かった。

馬車に着くと荷物の類《たぐ》いや盗賊団の生き残り二人は既に馬車に乗せられ、出発の準備はもう終わっているようだ。

ザームエルが馬車にゲスタフの遺体を載せる。馬車に乗る前に、村で助けた少女アリーセがいたので一言二言会話した。父親を亡くして憔悴《しょうすい》しきっているようだが、なんとか立ち直ってほしい。

村長やアリーセ、その他何人かの村人に見送られて村から出発した。盗賊団の二人が当たり前のように馬車に乗っているのがなあ。

「盗賊団長の死体もですけど、盗賊団の二人が馬車に乗ってるのが気にくわないですね」

一人は片腕がない状態、もう一人は腹を切られて息も絶え絶えな盗賊団の生き残りが、こっちを信じられないと言いたげな顔で見る中、エッボンがため息をつきながら言う。

「トール殿はなかなか手厳しいな、二人は生きた証拠だから総合ギルドまでは生かしておきたい。悪党とはいえ、遺体に尊厳がない行為はしたくないんじゃ……」

「そうですか、分かりました」

途中会話らしい会話もなく、夕方ぐらいにボルンの町の総合ギルドに着いた。エッボンが盗賊団の二人を総合ギルドに引き渡して、ギルド職員と話し込んでいる。エッボンが手招きして俺を呼んだ。

「トール殿も盗賊団の副リーダーであるバルトルを殺しているから、証言してほしいそうだ。悪いが付き合ってくれるか」

「分かりました」

応接室のようなところに通され、盗賊団の規模・襲撃内容などなどをエッボンやアライダ、他三名と一緒に報告する。エッボンはゲスタフのことはあくまでヴィースバーデ州関係者とだけ報告し、詳細には報告しないつもりのようだ。

死体も自州に持って帰る旨を通達し、総合ギルドに了承をもらっていた。普通そんなの認められそうにない気がするが、貴族の特権かもしれない。

まあ、現ヴィースバーデ当主の甥がジーゲー州を荒らしまわっていた盗賊団の首謀者なんて知られたら、ジーゲー州もただでは済まさないだろうし。

正直、そこは予想通りで、ここが弱みになるからゲスタフがリンチされたと分かっても目を瞑るしかないだろうと思っていたし、俺への報酬をなくしたりケチったりすることもないと確信していた。

すべてを知ってる俺を暗殺する可能性もあるが、ボトロックと少なからず繋《つな》がりがあることを知っている以上、そこまではしないと考えている。

俺がやったことは、本来望んではいない厄介事を自ら抱え込むようなことだが、関わった以上は諸々《もろもろ》落とし前をつけさせたいと思ってのことだ。そのツケを払うぐらいの覚悟はできているし、今となってはそれだけの力を持っていると自負している。

今回、賞金首を討伐したわけだが俺は賞金首狩人として登録していないので級が上がったりはしないようだ。総合ギルドからは登録を勧められたが、こんなことを今後積極的にやる気はないし、級を持ってることで何か依頼されたりしても嫌なので断った。

一通りの報告を終えると、すっかり日が暮れていた。疲れ切って昨日よりは幾分老けて見えるエッボンが話しかけてくる。

「トール殿、約束の報酬をお渡ししたい。まずは金札十枚（約百万円）」

金を受け取る。さらに封筒のようなものと地図を渡される。

「それから約束していた、ザレの薬屋への紹介状じゃ。これを店主に渡せばすぐに分かるはず。店の場所はこの地図に載っておる、ベーデカ夫婦が営む薬屋じゃ」

「ありがとうございます、確かに受け取りました」

「してトール殿、今回の盗賊団の一件。先にも言った通り分かっているとは思うが……」

「そこの諸々は承知しています。ジーゲー州を荒らしまわっていた盗賊団をエッボンさんたちと協力して討伐した、その中にジーゲー州の貴族崩れがいた。そう認識していますがいかがですか？」

「大いに結構」

「ではこれで失礼します。またお目にかかることがあればよしなに願います」

一礼して、エッボンの元を去る。今晩はもう遅いのでボルンに泊まって、早朝次の町に向かうことにしよう。

◇　◇　◇　◇　◇　◇

「悪いがお前たち四人は、今回の件を早々にアルフォンスまで伝達を頼みたい。これも持っていってくれ。ああそうだ、トール殿のことは報告しなくていい、最初からいなかったことにせよ」

「承知いたしました」

ザームエルをはじめとした四人は、積んであるゲスタフの死体と共にそのままヴィースバーデ州に向けて出発した。それを町の入口で見送る二人。

「御屋形様、トール殿は放っておいてよろしいので？」

アライダが問いかけると、エッボンは大きなため息をつく。

「はっ、首謀者がジーゲー州の貴族崩れとはよう言うたものよ。実際のところ、ゲスタフを間接的に殺したのは十中八九トール殿だろうし、その上で我が家の汚点を知られておるわけだ。何らかの対処をするとして、アライダから見てトール殿の実力はどう思う？」

アライダは顎《あご》に人差し指をあて、頭を上に傾けて少し思案してから答える。

「ゲスタフ様こそただのお飾りですが、あの盗賊団はそれなりの武闘派、中でもバルトルは四級賞金首狩人を返り討ちにした過去がある実力者です。そのバルトル含めた複数人の盗賊団員を相手にして無傷で切り抜けていることから考えて相当な強者なのは間違いないでしょう。もしかすると天授の武器や特別な加護によるものもあるかもしれません。したがって、ザームエルぐらいが何人束になったところで簡単に返り討ちにあうでしょう。私ならやれなくはないと思いますが始末するのはかなり難しい可能性が高いです。あるいは刺し違えるやもしれません」

「同感じゃ、トール殿と本格的に事を構えればこちらも無傷では済むまい。元々、ゲスタフは一族の生き恥ゆえに領地に連れ帰ってアルフォンスの判断と裁きを仰ぐつもりじゃったが、我が孫ながら許しがたい外道も外道じゃ。いずれにせよ極刑が相応しいとは考えておった。わしとしてはトール殿にさして恨みもない。余計なことをして繋がりのあるボトロックや他の貴族に報告されたり、そこからヴィースバーデ前当主が一民間人を殺そうとする貴族なんてことをお上に知られたりしたら、家ごと改易すらあり得る。トール殿の言動や態度を見る限りでは、そこらを把握して行動しておるし敵対する意思は見えなんだから、こちらから悪意を持って接さなければ余計なことはされま

い。ただし最低限の動向だけは、総合ギルド経由で把握しておくことにする」

「承知いたしました」

「万一、これをもって脅迫したり広めたりなどすれば対応を考えるとしよう。しかしまさか盗賊団にいたのがよりにもよって我が孫で、ここまでの愚か者だとは夢にも思わなんだわ……」

「ゲスタフ様については、御屋形様のご心情お察しするに余りあります」

「トール殿の武やしたたかさの半分でもゲスタフが持っておればのう……」

「トール殿については我がグートハイル家に相応しい実力があると思います。場合によっては、我が妹の種《たね》として迎えるのもやぶさかではありません」

「お主の相手では不足か？」

「私の見立てでは、純粋な武においてトール殿はおそらく私よりは弱いと思います。つまり、私の番《つがい》は務まりません」

「まだ十七にもかかわらず既に二級害獣狩人・二級賞金首狩人・二級護衛者たるお主より強い男となると、皇国に百人もいないと思うがのう……」

今回の件は肉体的にも精神的にも老体に堪《こた》えた、北の温泉地で湯治したいエッボンなのであった。

幕間　襲われた少女のその後

アリーセは自分を助けてくれたトールがボルンの町に帰ると聞いて、見送りに来た。あの襲撃で父が死んで以来、気持ちは沈んだままだ。村の入口で、出立の準備をしている兵士たち。トールがお爺《じい》さんたちと一緒にやってきたので話しかける。

「トールさん、あの時は本当にありがとうございました」

「いいや、礼には及ばないです。お父さんは残念でした」

それを聞いて、優しかった父のことをまた思い出してしまう。

「なんでこんなことになってしまったんでしょう……、私たちは日々一所懸命に生きていただけなのに……」

「アリーセさんは農家なので分かると思いますが、どんなに丁寧に育てても傷んでしまう作物があるでしょう。そして傷んだ作物は周りの良い作物に悪影響を与えます。それと同じでどうやっても悪党は湧いてくるものです、そして手早く刈り取らないとこういう被害が生まれてしまう」

「……」

「お父さんのためにも、立ち直って幸せになってくれることを祈っております」

トールは馬車に乗って、ボルンに旅立っていってしまった。母は私が小さい頃に流行《はや》り病《やまい》で亡くなっていて、家族は父だけだった。その父も亡くなってしまった。私はどうしたらいいのだろう……。村の人たちが色々親切にしてくれるのはありがたいが、心にぽっかり穴が空いてしまったようで何も響かなくなってしまった。

それから一週間経《た》っても無気力なままの日々を過ごしていた。ある日の夜、床に入った時トールの言葉がふと頭をよぎる。

『どうやっても悪党は湧いてくるものです、そして手早く刈り取らないとこういう被害が生まれてしまう』

私たちの生活を壊した盗賊……、誰かが手早く刈り取らないといけない……。そうか……、そうなんだ……。空っぽになった私の心の中に小さくとも激しい火がつくのを感じた……。

とある町の賑《にぎ》やかな酒場で、顔が赤くなったゴキゲンな男が喋《しゃべ》る。

「なあお前、死神アリーセって知ってるか？　最近、この町に来ているって噂《うわさ》だぜ」

「ああ、知ってる！　大きな鎌を持った女賞金首狩人だろ？　悪党と知れば、老若男女問わず必ず殺すって噂だな。べらぼうに強くて並の悪党じゃ太刀打ちできねぇとか？　まあ、死神っつったって悪党だけをぶっ殺してくれる分には俺たち善良な市民からしたらありがたい神様だぜ！」

「なーにが善良だ、この前立ち小便してるのを衛兵に見つかって、しこたま怒られてたくせに！」

「しょうがねえだろ、飲みすぎたせいかどうしても我慢できなかったんだから!!」

大きな話し声や笑い声が響く酒場から静かに出ていく、フードをかぶった男が二人。月と民家から漏れる光だけが明かりの薄暗い道を歩く。

「死神アリーセがこの町に来てるなんて……、本当ならさっさとずらからないとヤバい」

「兄貴、今晩中に出ていこうぜ」

町を出て足早に夜道を歩き続ける二人の前に、赤い頭巾をかぶったみすぼらしい恰好《かっこう》をしている女が現れる。ただし恰好こそ貧しい村娘風だが、刃渡りが一メートルはゆうに超える巨大な鎌を持っている。

「……あんたたちは、数えきれない暴行・強姦《ごうかん》・殺人などを犯しているハス兄弟で間違いないですか？」

「てっ、てめえはまさか……!?」

「……ハス兄弟で間違いないですね？」

ギラギラした目をした女が持つ巨大な鎌が、月光で鈍く光り輝く。

三話　とある町での害獣討伐

昨日はゴタゴタに巻き込まれて、ホント大変だった。得られるものもあったが、村の出来事については少し心が痛む。急ぐ旅ではないにせよ、この手の騒動はできるだけ避けたいところだが……。もしかすると加護による運の良さ、言うなれば天運はこの手のイベント遭遇率にも関係しているのかもしれない。

早朝にボルンを出発して、ザレを目指して、また次の町へ向かう。ジーゲー州を出るまでは、特に問題もなく進むことができた。実際ノルトラエ州からアーヘン州に向かうルートは調べた限りでは比較的平坦《へいたん》な道のりで、これといった難所もない。

ジーゲー州は農業や畜産が盛んとのことなので、途中の町々で野菜や肉の種類、調味料なんかの情報が得られたのはよかった。野菜については、日本で見かけるキャベツやニンジン、ジャガイモやトマトなどに似たものが栽培されているのが分かった。

やはり地球と植生が似ているようだ、でも地球ほど品種改良が進んではいない。例えばジャガイモっぽい芋については皇国芋と呼ばれている。サツマイモもどこかにありそうだ。

あと皇国には米がありこれを食べる習慣があるのは、中身が日本人の俺からすると幸いだった。

ただ、米とはいっても主に南アジアで栽培されている細長い品種に似ていた。パエリアのような出汁《だし》と一緒に煮て作る料理があって割と美味《うま》かった。ただし、日本のようにそれだけ炊いて食べるのには向いてないかもしれない。少なくとも皇国にはそういう習慣はない。

残念なのはやはり皇国には醤油《しょうゆ》がないことだ。大豆（正確には日本の大豆とは違う種類かもしれない）が育てられている先で、醤油のような調味料があるか聞いてみたが、普通に豆のままやペースト状にして料理として食べられているだけらしい。

醤油ってどうやって作るんだったかな、作り方についてはアニメでやっていた日本の昔話でタヌキが醤油を作るのを手伝う話の記憶ぐらいしかない。もろみがどうたらで、歌を歌いながら一晩中かき混ぜていたような……？

魚醤《ぎょしょう》は塩と一緒に魚を漬けておいて、それを濾《こ》すと出来るみたいな話を聞いたことがあるから、おそらく大豆を蒸して柔らかくして、発酵の素になる麹菌《こうじ》のようなものと塩水を入れて置いておき、適度にかき混ぜてやればいいんじゃないかと思うが……。

この後も見つからなかったら、ザレに定住後にチャレンジしてみたい。

盗賊団の撃退から、野菜などの食物の情報などを集めながら一週間ほど町から町への旅をして、ようやくレムシャント州に入った。

ここも農業や畜産が主な州だがジーゲー州と違うのは鉱脈が通っているのか、鉱業が割と盛んらしい。いくつかの町を経由して、ヒルデスという名の町に着いた。レムシャント州の中では大きめの町で、少し行ったところにある鉱山による鉱業で栄えている町だ。

石造りの家が並び、景観もなかなか悪くない。ここの町には総合ギルドがあるからお金を補充しておくか、銀行窓口でお金を下ろそうとすると何やら騒がしい。おいおいボルンと同じパターンじゃねえだろうなこれ。

「銀色狼《おおかみ》の討伐はんたーーい!!　害獣だって生きているんだ。討伐するのはかわいそうじゃないか！」

「討伐せずに捕獲して、遠くの森に放してやればいい!!」

「そうだそうだ!!　害獣にだって子どももいる！　害獣とはいえ、家族を引き裂くような真似を人のエゴでやってもいいのか!!」

「すみません、大討伐依頼受付の邪魔をしないでください……。急ぎの案件なんです……」

眉をハの字にした明らかに困り顔の気が弱そうな眼鏡をかけた受付嬢のカウンターの前に、木で出来たプラカードのようなものを持って大騒ぎをしている連中がいる。

その連中に向かってカメラのようなものを向けている奴もいるようだ、記者かなんかか？　というかカメラあるんだ皇国。周りにいる害獣狩人っぽい人たちはみんな迷惑そうな顔をしている。

うわー、日本にもこういう連中いたよなあ。自分は安全圏に住みながら、熊の被害に困っている地域の自治体に熊を駆除するなみたいな寝言を電話したりメールするような人たち。

王国だったら邪魔だどけと容赦なくぶん殴られるなりぶった切られるなりしそうだが、さすがに皇国だとそれはダメそうだ。そう思っていると、大きな声が響く。

「どけっ!!　討伐依頼を受ける気がねえなら、俺様の邪魔するんじゃねえゴミども!!」

威勢のいい男が、プラカードを持った連中を後ろから蹴飛ばす。見ると、短い金髪をオールバックにした三十代ぐらいの男で、背中に大きな剣を担《かつ》ぎ立派な革鎧《かわよろい》を纏《まと》っている。その後ろには仲間とおぼしき女性の姿も見える。

「なっ、なにをするんですか!!」

「依頼を受けるつもりがねえならとっとと失《う》せろゴミ、真っ二つにされてえのか!!」

背中にしょった大きな剣に手をかけながら、連中に睨《にら》みを利かす。冷静に考えたらさすがにこんなところで人殺しをするとは思えないが、連中を脅すには十分だったようだ。全員青い顔をして、ギルドから速足で出ていってしまった。

「なんだあの腰抜けどもは、姉ちゃん銀色狼の大討伐依頼はまだ受け付けてんのか？　なら俺様たちに任せろ!!　俺たちは四級害獣狩人ゲーアルトとグレータだ！」

国民証をギルドの受付に出しながら、自己紹介する男。

「は、はい。こちらでお受けいたします」

「おう！　じゃあ頼むぜ。なあに銀色狼の百匹や二百匹俺様がぶっ殺してやるぜ！　なあ、グレータ！」

グレータと呼ばれたのはスカート部分に深いスリットが入ったワンピースのような服に、茶色い革のローブを纏った赤いロングヘアの色っぽい女だ。見た目から二十代後半ぐらいだろうか？　一言でいえば、妖艶《ようえん》な美人という感じだ。

「あたいは火の加護持ちだからね、狼なんて森ごと燃やし尽くしてやるわよ」

「森ごと燃やされたら困りますぅ……」

ゲーアルトと名乗った男が、受付と逆側を向いて大声で話す。

「おい、てめえら!!　俺様たちがいるからにはこの依頼は楽勝なのは保証するぜ!!　楽に稼ぎたい狩人は全員集まれ!!」

周りにいる、害獣狩人っぽい人たちが周りの人たちとこそこそ話している。

「ゲーアルトとグレータっつったらそこそこ名の知れた害獣狩人だぜ……」

「二人が去年にジーゲーで起こった豚人《ぶたじん》の大量発生でも大活躍したって話は聞いた……」

「大討伐依頼とはいえ、おこぼれで楽に稼ぐチャンスかもな……」

その後、二十人ぐらいが受付に我先にと集まりだした。全員、大討伐依頼を受けるみたいだ。

「よしよし！　全員でパッと行って、パッと終わらせて、ガーッと祝杯をあげようぜ!!」

「ゲーアルト!!　いい加減、奢《おご》りだなんだで稼いだ金を一晩で使い切るのはやめておくれよ！」

ゲーアルトとグレータという男女が現れて一気に雰囲気が変わったな。まあ俺はそんな依頼を受けるつもりはないからさっさと今晩の宿を探そう。晩飯は何を食おうかな、最近はパスタ料理が続いていたからな……。

そう思っていたら、受付嬢の小さな声が聞こえた。

「大討伐依頼なので、狼からの毛皮剥《は》ぎ取りとか荷物持ちや薬師《くすし》などの補助ができる人も募集しています。該当される方はいらっしゃいませんか……？」

嫌な予感がヒシヒシとする。やはり『加護』の天運によるものなのか。よし、知らんぷりしてこのまま総合ギルドを出よう。そう思っていたら、さっき銀行窓口でお金を下ろすために声をかけたおばさんが眼鏡の受付嬢にこちらを指さしながら何か話しかけているのが見える。

受付嬢が小走りにこちらに駆け寄ってきた。……駄目だ、これは手遅れかもしれない。

「トール様ですね、四級薬師と伺っております。銀色狼の大討伐依頼に参加いただけませんか？ご存じかと思いますが、薬師でかつそこそこ以上の害獣狩人の方というのがなかなかいらっしゃらなくて……。でも薬師を帯同しないというわけにはいかなくて……」

前から思っていたがなんで帯同しないとダメなんだろうか。

「いやあ、旅の途中でして。ここに長く滞在する予定もないんですよ。申し訳ないですが遠慮させてください」

「トール様は大討伐依頼の特例についてはご存じありませんか？」

「は⁇」

「大討伐依頼は都市自体の安全性や都市生活の危機の際に発行される緊急で重要度が高い依頼なため、総合ギルドに特別な権限が付与されます。通常は強制依頼が発生するのは三級以上になりますが、大討伐依頼は異なります。基本的には自由参加ではありますが、人が集まらない場合は必要に応じて、級にかかわらず業務請負人であれば強制的に参加させることができます」

「(そんなこと初めて聞いたぞ⁉　国民登録の時にもらった冊子で総合ギルドの規約について一通りは読んだつもりだったが、もしかして見逃したか。今後もこういうのがあるってことじゃん、最悪だな……）」

嫌そうな顔をして考え事をしているのが伝わったのか、眼鏡の受付嬢が続ける。

「旅の途中で急がれているのかもしれませんが、トール様以上に適任な薬師が今この町にはいらっしゃいませんのでご参加ください。大討伐依頼は三日後に予定されております。それまでの滞在費についてはこちらで負担いたします。もちろん、討伐報酬も出ますよ」

まいったなと額に手を当てて、うつむいていると後ろからガシッと肩を組まれる。

「まあまあ、兄ちゃん！　俺たちがいるんだ、薬師なら後方でゆっくり待機してるだけで戦闘にはならねえよ！　滞在費も出るし、当日ものんびり待ってるだけで金が稼げるんだし、参加してくれや！　な？」

ゲーアルトと名乗った男が、肩を組んで馴《な》れ馴《な》れしく話しかけてくる。

「大船に乗った気持ちであたいたちに任せてくれるだけでいいんだ。頼むよ薬師の坊や」

グレータと呼ばれた女は、妖艶な笑みを浮かべながら俺の頬《ほお》を撫《な》でる。

日本では一応一通り経験済みの三十二歳のオッサンだったので、これぐらいではどうとも思わないが、多分トール君は転生した時点で十五歳の童貞だろうから、中身がそのままだとこんなことされたらドキドキだったろうな〜。

見た目は十五やそこらの少年の俺があまり動じないのを見てか、女は若干不満そうな顔をしている。

「……分かりました。そういうことであれば仕方ありません。薬師として参加することにします」

それを聞いて、受付嬢は少し嬉《うれ》しそうな顔をしてさらに続ける。

「ありがとうございます。ゲーアルト様が仰《おっしゃ》った通り、薬師として主に後方支援で参加いただきますので、戦闘についてはほぼないと存じます。よろしくお願いします。この後、参加者が揃《そろ》ったところで大討伐依頼の詳細と報酬、それから滞在費についてご説明いたしますので少しお待ちください」

受付の方を見ると、武器防具を装備していないガタイの良いおっさんなんかもいるようだ。多分、この人は荷物運びの要員っぽい。

しかしこうも面倒事に巻き込まれるとは……。これも天運のなせる業なのか。だがもらっているものが破格も破格なのでやむを得ないか。

二階にある広い会議室みたいな部屋で、大討伐依頼のブリーフィングのようなものが始まった。

まずは銀色狼だがこれは第六級害獣に該当する生物で、銀というか正確には灰色っぽい毛を持つ普通の狼だ。皇国全土にそこそこいるポピュラーな獣で、俺も薬の原材料になる草木を採取する際に何体かは狩った経験がある。

割と素早く牙も鋭いので、普通の人が狩るには難しい獣だ。それがおおよそ第六級害獣の基準でもある。

数体までであれば六級だが、数十体集まると五級害獣扱い、数百体集まると四級害獣扱いまでランクアップする。それは銀色狼が集団で連携して狩りをするぐらいには知力がある害獣だからだ。

ちなみに毛皮や牙・爪、肉は状態が良ければそこそこの値段で取引されている。

今回の大討伐依頼は、ここヒルデスから少し行ったところにある鉱山に続く道の、途中の草原・森で銀色狼が大量発生したことによるもの。

依頼主はこの町を治める、町と同じ名前の貴族であるヒルデスという七級貴族らしい。

既に何人か鉱員が犠牲になっており、このままだとヒルデスの主要産業である鉱業に大きな影響が出かねない状態になっていて、何も対処しないと町の運営や税収が滞りそうという話だ。

鉱山まで続く道近くの群生地帯を潰《つぶ》して回る計画で、町から出て全員で行軍しながら鉱山への道すがら減らせるだけ数を減らすという感じの作戦になるようだ。

銀色狼は集団で狩りをするので、王国でやった豚人討伐のようなローラー作戦を取ると各個撃破されかねない。

一方、俺のような薬師や荷物運び、状況確認のための総合ギルド職員など後方要員は基本的には戦闘に参加せず、一応護衛役もついている。

今回のケースでは自ら鉄壁を名乗る、大きな鉄製の盾を持つ筋肉ムキムキでガタイの良いゴッドロープとかいうおっさんがそれに該当する。一応五級護衛者らしい。

「お前らの護衛は、この鉄壁のゴッドロープ様に任せろ!!　なあに傷一つつけさせやしねえ！」

とか言ってたな、見た目はそれなりに頼りになりそうなおっさんという感じだった、実際はどうか分からないが。

俺については、総合ギルドが十分な薬を用意しているので自分で用意する必要はなく、適切な薬を使用した怪我人《けがにん》の手当てや、薬がなくなるような緊急事態での対応が俺の役目だ。

とはいえ、緊急事態になっても『薬師の加護』を見せる気はさらさらない。

討伐部隊には俺たちのような後方要員は除いて、四級害獣狩人であるゲーアルトとグレータが主力、さらに六級と五級の害獣狩人が数十人という大所帯になる。これでも数百体クラスの銀色狼相手だと、ギリギリ十分という感じのようだ。討伐開始は三日後、変なことが起きなければいいが……。


あれから三日経《た》って、大討伐依頼実施の日になった。あの後、ヘルヒ・ノルトラエの総合ギルドでもらった冊子をよく読むと大討伐依頼に限っては級にかかわらず強制依頼が来ることがごく稀《まれ》にあります、と確かに書かれていた。どうやらそのごく稀に当たってしまったようだ。

早朝、町の入口に俺を含めた参加者が集まった。リーダーみたいになってるゲーアルトが大きな声で叫ぶ。

「ようし、お前ら!!　今日は天気も良いし、絶好の銀色狼狩り日和だ!!　みんなでガンガン狩りまくろうぜ!!　戦力は十分だし、後方部隊も厚いしで何も心配は要らねえ!!　行くぞ!!」

ゲーアルトに応じて、おおおおお!!　と狩人たちが気勢を上げる。みんな結構気合入ってるな。

さて進むかと思ったら、プラカードを持った連中が町の中央方向からやってくる。

「銀色狼討伐はんたーーい!!」

「本当に討伐する必要があるのか!?」

「銀色狼の子どもまで殺すのか？　良心は痛まないのか!?」

三日前に総合ギルドの受付で見かけた、害獣の保護団体か何かっぽい連中だ。前に脅されたゲーアルトにビビっているのか、結構距離を取ってシュプレヒコールをあげている。

「では、出発!!」

連中を無視して、ゲーアルトの声で討伐部隊が行進を始めた。保護団体は町で声をあげるだけなのかと思ったら、かなり後ろからついてきている、どうやら行軍についてくる意思があるようだ。めちゃくちゃ弱そうな連中だったがついてきて大丈夫なのか？　と思ってよく見ると、武器や防具を装備した連中が護衛についているようだ。自分たちが襲われたら、進んで害獣の餌食になるのが道理な気がするが……。前に見たカメラらしきものを携えた記者のような男もついてきている。

これってもしかすると、害獣保護活動を皇国でアピールする目的でやっているんだろうか？

そういえば、地球でも鯨を保護しろと言って過激な活動している連中もこの手のアピールをして、企業から金を引き出していたんだったか。やっぱり、文化が成熟してくるとこの手の手合いが増えるのは世の常なのかもしれない。

鉱山に向かう道をしばらく進むと、道沿いの草原に数十体の銀色狼の集団がいるのが見える。

「野郎ども!!　いくぞぉ!!」

「野郎だけじゃなくて、女の狩人もいるんだよ!!」

かみ合ってるのか、かみ合ってないのかよく分からないやり取りをしながら、討伐隊の先頭を進んでいたゲーアルトとグレータが銀色狼に真っ先に突っ込んでいく。

「ゲーアルト、まずは火で散らすよ!!」

走りながらグレータが右手を掲げると、手のひらの上に小さな火のようなものが浮かび上がる。

浮かび上がったと思ったら渦を巻いてどんどん大きくなり、直径で五十センチぐらいにまでなった。これが実戦レベルで使える、『火の加護』ってやつか。グレータが投げるような仕草をすると、火球がかなりの速度で銀色狼の集団に飛んでいく。

ドガァアンという派手な破裂音とともに、集団の狼たちが爆発に巻き込まれ、十体ぐらいは完全な黒焦げでピクリとも動かない状態になっていた。

近くにいた狼たちも怪我を負ったり、毛皮に火がついたりしている。火の加護で作った火球が接触すると爆発するんだろうか？　とにかく凄《すご》い威力だ。

『ウォオオオオオン』

狼が遠吠《とおぼ》えをするや否《いな》や残った狼の集団が散開しつつこちらに走ってくる。どうやら脅威と認定して襲いかかってきたようだ。吠えた狼がこの群れのリーダーなのかもしれない。

「うおらぁっ!!」

ゲーアルトが背中の大きな剣を抜き、飛びかかってきた狼を一振りで一気に吹っ飛ばす。あの剣は重量もありそうなのでどうやら斬れ味というよりは、ぶっとばす系の武器なのかもしれない。

連携して襲ってくる狼を、剣を力任せにぶん回して次々に吹っ飛ばしていく。ユリーとタイプは違うが、同じぐらいの強さがあるように見える。

「でやっ!!」

グレータはグレータで、両手で持ったメイスのような槌《つち》を使って飛びかかってくる狼を叩《たた》きのめしている。さすがに四級だけあって、戦闘力は加護によるものだけじゃないらしい。

二人はそれぞれの死角をそれぞれがうまくカバーして戦っていて、明らかに戦い慣れた感じで良いコンビネーションだ。

ゲーアルトとグレータ以外の害獣狩人へも銀色狼は数体ぐらいずつのグループになって連携を取りながら、鋭い爪や牙で引き裂こうと襲いかかっていた。

一方の害獣狩人たちも急ごしらえの討伐隊にしてはまあまあうまく連携しながら、剣、槍《やり》、弓などで応戦できている。大きな怪我をしている人もこちらから見る限りではいなさそうだ。これぐらいなら特に問題なく狩れそうな雰囲気だな。

「銀色狼を無暗《むやみ》に殺すなーー!!」

「殺す必要があるのか!!」

後ろの方から、例の連中の叫び声が聞こえる。戦闘中にもやってくるとは迷惑極まりないな。

体感で十五分ぐらいだろうか、戦闘は割とあっさり終わった。先に言われた通り、俺や荷物運びの人などがいるところまでは銀色狼は来なかったので、戦闘を見守っているだけでよかったのは幸いだ。

戦闘後に軽い傷を負った害獣狩人が数人いたが、生命はもちろん戦闘への影響がないレベルの怪我で、軟膏《なんこう》を塗って包帯を巻く程度で俺の仕事は終わった。

後方部隊にいる男性の総合ギルド職員と、ゲーアルトとグレータが状況や今後の進路などを相談している。今のところは良い感じだな。

その後も、ゲーアルトとグレータが斬り込み隊長として突っ込んで散らして、散らした銀色狼をグループになった他の害獣狩人で各個撃破する戦い方で、無難に銀色狼の数を減らすことができた。大怪我をする人も出ず、俺の出番もほとんどなかった。

町から出て、道に沿って銀色狼を討伐しながら順調に鉱山まで続く道を進む。まあ、後ろから鬱《うっ》陶《とう》しいシュプレヒコールが続いているのがアレではあるが。

昼過ぎに鉱山の入口に着いた、これでほぼ大討伐依頼は終わりだ。あとは帰るだけ。

銀色狼の討伐数も数百体を超え、道の安全性を確保できた。もちろん完全に討伐しきったわけではないが、銀色狼はそれなりに知能が働く害獣なので、ここに居続けるとどうなるか理解するのか、残った狼たちも散開するのが過去の例らしい。

「やれやれ、ようやく終わりか」

「薬師の兄ちゃんもお疲れさんだな。しかしこの鉄壁のゴッドロープ様に出番らしい出番がなかったのが残念だ!!」

一回だけ後方部隊に向かって、一匹の銀色狼が襲いかかってきたことがあったが、鉄壁のゴッドロープを名乗るこの男が完璧に後方部隊を守り切った。そこそこ良い腕だったので自信満々なのも分かる。そうこうしていると、総合ギルド職員が全員に声をかける。

「大討伐依頼はこれで終わりです、各人の活躍はこちらで記載しております。ヒルデスまで戻ったら種々の算定の後に報酬をお渡しいたします、それでは帰還しましょう」

おもには喜びの声でざわざわとし始める。大きな怪我人も出なかったこともあり、全員に笑顔が溢《あふ》れている。

「物足りなさはあったが、被害状況や成果を考えれば十分ってところか？」

「まあいいじゃないか、楽に終わるに越したことはないさ」

ゲーアルトとグレータは二人とも無傷で、息も切れていない。

ゲーアルトは言動に似合わず、リーダー格として全体の様子をちゃんと見ているみたいだな。二人ともまだまだ余裕なようだ。ユリーもそうだったが、やはり四級害獣狩人ともなると相当な手練《てだ》れなんだな。

そういえば、グレータはまだ『火の加護』の使用に余裕がありそうなのに途中で四級加護回復薬を飲んでいた。聞いてみたら、加護を使い切った状態で加護回復薬を飲むのは無能の証拠だそうだ。

加護の使用回数については減ったぶんは何もせずとも自然回復する、加護回復薬はこの治癒速度を速める薬なので、自分の加護をどれぐらい使ったらクールタイムに突入するのか正確に把握した上で、使用ペースを考え、加護が完全に使えなくなる前から飲んでおくのが当たり前で連戦時の定石らしい。

ただ、何も考えないで飲むと回復がオーバーフローするらしく、一定以上オーバーフローした時も超過回復症と呼ばれる状態になって加護が使えなくなるそうだ。

グレータ曰《いわ》く、

「ふふ、加護のクールタイムに入って飲むようじゃ三流もいいとこさ。といって超過回復症を発症させてるようじゃ論外ね。さらに言えば薬の級だけではなく、調合後の保存期間のことにも注意しなきゃダメ」

だそうだ。

昔やったMMORPG（マッシブリー・マルチプレイヤー・オンライン・ロールプレイングゲーム）で座ってじっとしてるとMPが回復したのを思い出す。加護回復薬はさらにMPが回復するスピードを上げる薬のようなイメージか。

ゲームだと最大MP以上は回復しなくなるだけで済むが、こっちだと弊害が出てしまうようだ。

もちろんクールタイムに入ると加護が使えないだけではなく、身体能力も大きく落ちるからこの管理が重要なのは自明ではある。

ちなみに俺については、『薬師の加護』を使いまくってもクールダウンタイムに突入した経験がない。『薬師の加護』の燃費が良いのか、そもそものキャパがクソでかいのかは不明だ。

「（あれっ、そういや後ろの方から銀色狼を狩るなーとか言ってた連中はどこ行ったんだ？）」

そんなことを考えていた時だった、町へ戻る道の方向から甲高い悲鳴があがる。

「!?　なんだ？　グレータ走るぞ！」

「あいよっ！」

悲鳴を聞くや否や、ゲーアルトとグレータが悲鳴が聞こえた方向へ駆け出す。鉱山の手前は道沿いが雑木林のようになっているので、ここからでは確認できないからだ。他の害獣狩人や、後方部隊の俺たちもそれに続く。

町へ向かう道をひた走ると、獣のようなものに襲われている人々が見えた。ああ、あれは後方から狼を保護しろとか寝言を言ってた連中か。でも、一応護衛がいたはずだが、銀色狼にも勝てないような雑魚だったんだろうか。そう思っていたら、ゲーアルトが急に足を止めて叫ぶ。

「止まれ！　あ、あれは金色狼だ!!」

見ると二十〜三十メートルほど先に、体長が五メートルはあろうかという巨体に金色の毛を纏った狼がいる、銀色狼保護を訴えてた連中と戦っているらしい。

おもむろに金色狼が右前足一発で連中が連れてきていた護衛の一人を吹き飛ばす。十メートル以上飛ばされ、木に当たりそのままずるずると倒れる。首や足が変な方向に曲がった上にピクリとも動かないので、おそらくもう死んでそうだ。

よく見ると、他の護衛らしき人たちも血を流して倒れていたりして、さっきぶっ飛ばされた奴が最後で護衛は全滅したようだ。

連中がおろおろと慌てた様子で周りを見渡し、こちらに気づいて口々に叫び出す。

「おっ、おいお前ら!! 害獣狩人だろう!! 早く、俺たちを助けろ!!」

「金ならいくらでもやる!! こいつを殺してくれー!!」

「たっ助けてー!! 早くこいつらを討伐してちょうだい!!」

……銀色狼を殺すな、とか散々言ってたくせに随分都合が良い連中だな。それを聞いてか、青ざめた顔をしたグレータが全員に話しかける。

「金色狼は二級害獣だ!! 下手に手を出したら、すぐに殺されるのが関の山だよ!!」

しかしそうなると、ＯＨ！ 見殺し確定じゃん。それならそれで逃げたほうがよさそうなものだが、誰も動こうとはしない。熊のように、逃げたら優先的に追われるんだろうか。

こちらを注意深く見ていた金色狼は、それを聞いてか鼻を連中に向けて合図のような仕草をした。仕草をしたと同時に、草むらから同じ金色の毛を纏ってはいるが、体長が一メートルにも満たない小さな狼が三体現れる。

そして、一斉に保護活動家たちをめがけ襲いかかる。プラカードを振り回して応戦する者、必死でこちらに走ってこようとする者、棒立ちのまま胸の前で手を組んで何か呟《つぶや》いている者……。

「いっ痛いぃぃぃ、たっ助けてえええええ!!」

「ぎゃあああ、俺の足がぁああ!!」

「いやあ、天神様《てんじん》!!　お慈悲をぉおおお!!!」

しかし、狼たちはそんな彼らに対して牙や爪で無慈悲かつ執拗《しつよう》な攻撃を続ける。

「(泣き叫んでいるが、害獣の保護活動をしていたんだからこうなってもむしろ本望と言って差し支えないのでは？)」

グレータに言われたのもあって、こちらは少し離れた位置から見守っているだけの状態だ。最初に見た大きな個体は何もせず見守っているので、金色狼が弱い人間を相手として子どもたちに狩りの練習でもさせているのだろうか。

やがて、保護活動をしていた連中が全く声を出さず動かなくなると、小さい金色狼たちも攻撃するのをやめ、大きな金色狼の前に整列している。大きい金色狼はそれを見届けると、こちらに顔を向ける。

級というのは概《おおむ》ね連動している。つまり二級害獣を狩る場合二級害獣狩人が必要とされる。従って、相手が一体だとしても今のこちらのメンバーでは保護活動家同様に蹂躙《じゅうりん》される可能性が高い。

「(こういう時こそ冷静に動かないとな……)」

生物である以上、俺の『薬師の加護』は通用するはず。いざとなれば、自分だけでも逃げなければば……。大きな金色狼は、こちらをじっと見続けている。品定めでもしているんだろうか？　そう思っていた矢先のことだ。

『ガウッ！！！！！』

突然、辺り一帯に響き渡るようなとてつもなく大きな咆哮《ほうこう》をあげた。ただの音のはずなのに押されるような強い圧を感じる。

ドサドサッ……。

何かと思ったら、その音と同時に周りにいた総合ギルド職員や後方部隊の連中が全員、害獣狩人の何人かが倒れている。見ると、泡を吹いているもの、白目を剥《む》いている者、状態は様々だが倒れた者は全員意識を失っているようだ。

意識を保っていそうな人も全体の三分の一ぐらいはいるが、それも膝立ちで呆《ほう》けていたり、丸くなって頭を抱え助けてくれと呟き続けていたりとほとんどが使い物にならない状態だ。

辛うじて動けそうなのは、剣を支えに片膝をついているゲーアルト、足が少し震えてはいるが両足で立っているグレータ、大きな盾を支えにして全身ブルブルしながらも一応立っている鉄壁のゴッドロープの三名、それから特に何ともない俺だけだ。

なんで俺だけ全然大丈夫なんだろう？　加護のおかげ？

「だっだだだだ大丈夫だ、こっこの鉄壁のゴッドロープ様がかっかかか完璧に守り抜いてやる!!」

こんな状況でも護衛者としての仕事を全うしようとしているゴッドロープはなかなか大した男だ。

「くそっ、やはり見逃してはくれないか……。これといって打てる手も考えつかない……、俺たちもここまでか……」

こんな状況でも辺りを見渡しなんとか打破しようと考えているゲーアルトだが、諦めたかのように小声で呟く。

「この状態じゃ火の加護も出せそうにないよ……、逃げようにも足がまともに動かない……」

グレータも立つのがやっとの状態のようだ。金色狼はこちら全体を見渡して様子を窺《うかが》っているようだが、俺の方向、正確には俺とその前にいる鉄壁のゴッドロープがいる方向に顔を向けると同時にピタッと動きを止めこちらを凝視しているようだ。

「ふっふふふ、さすがは金色狼。おっ俺様の実力をみみ認めやがったか！　か、かかってきやがれ!!」

精一杯の強がりを見せる鉄壁のゴッドロープ。一方で金色狼は音も立てずこちらをじっと見続けている。

感覚としてそのまま三十秒ぐらい経った頃だろうか、小さい金色狼のうちの一体が少しずつこちらに近寄ろうとしている。いざとなったら、なりふり構わず『薬師の加護』でマテンニールやトリカブトを使う必要がありそうだ。槍をぐっと握りしめ身構えていると、

『ガウッ』

大きな金色狼が短く唸《うな》る、その声と同時に小さい金色狼が立ち止まって振り返る。そして大きな

金色狼はこちらからふっと視線を外すと、小さい金色狼たちと道から外れて林の中に入っていって見えなくなった。

　理由は分からないが、向こうは戦闘を回避する選択をしたらしい。完全に金色狼が見えなくなると、グレータが大きなため息をついて、へたり込む。

「た……、助かったー。今回ばかりはあたいも死を覚悟したよ」

　膝立ちの状態から、立ち上がりつつゲーアルトも言う。

「まさに見逃してもらった、だな。戦ったところで俺たちじゃ、あっという間に返り討ちだったろう」

「おっ俺様にビビッて金色狼の野郎逃げだしやがったな!!」

　まだ震えているのに必死で強がりを言うゴッドロープ。でも一応咆哮の後も意識を保って立っていたし、最後まで護衛者としての責務を全うしようとしてたし、なんだかんだで立派だよなあこの人。

「とりあえず、みんなを介抱して早々に町に戻らないとだね。薬師のお兄さん、手伝ってくれる?」

「ええ、分かりました。気付け薬はありましたかね……」

　グレータと協力しながら、みんなを介抱して回った。なお、ゲーアルトが起きろ！　と言って気絶した人たちをビンタして回っていたのは少し気になったが……まあいいか。

あの後、全員を介抱しなんとか夕方過ぎにヒルデスの町までたどり着いた。ちなみに保護活動家たちとその護衛だがさすがに全員持って帰るわけにもいかなかったので、形見になりそうなものだけ運び、遺体は近くの森に埋められることになった。

今後はあの森で獣を見守ることができるんだ、彼らもきっと喜んでいるだろう。あの活動が本心からやっていたことであればだけどな。

町の入口で、総合ギルド職員が声をあげる。

「とんでもないトラブルが起こりましたが、討伐隊は誰一人欠くことなくなんとか大討伐依頼を果たすことができました。報酬については今日のうちに算定し確定させますので、明日以降に総合ギルドの害獣狩人用の受付までお越しください。本日はお疲れさまでした」

わあっと歓声があがり、みんなが笑顔になる。

「金色狼については総合ギルドに報告をあげておきます。金色狼は人よりも賢いとも言われる害獣です。この町に襲いかかってくることはないと考えて問題ないです。では、これで解散とします」

それを聞いて、ゲーアルトが大声で声をかける。

「全員本当にお疲れさん!!!　よーし、今から全員で飲みに行こうじゃねえか!!!」

それに鉄壁のゴッドロープが応える。

「賛成だ!!!　金色狼に敢然と立ち向かった俺様の雄姿をお前らに語ってやろう！」

ワイワイ話しながら、ヒルデスの町の飲み屋の方に大勢が向かうようだ。

ちなみにだが、俺は行く気はない。というか『薬師の加護』の圧倒的な毒への耐性は、アルコールにも効くらしく、こちらの世界でも製造されている葡萄《ぶどう》酒を試しに瓶一本飲んでみたが全く酔わなかった。

また、荷物運び要員や一部の狩人は、これから回収した銀色狼の素材を運んだり処理するなどの必要があるらしく、参加しないみたいだ。後から合流するのかもしれないが。そんな中で残っていた総合ギルド職員に声をかける。

「すみません、明日早々にここを発《た》つ予定なのですが報酬は明日にならないと出ませんか？」

「薬師のトール様ですね。トール様は銀色狼の討伐はされておりませんので、薬師の日当が出るのみで算定作業はありません。従って今日中に報酬をお渡しできますよ」

「そうですか、ありがとうございます。このまま総合ギルドに寄ってみます」

総合ギルドで報酬（金札二枚、約二十万円だ）をもらい、一晩泊まって早々にヒルデスを発った。

やれやれとんだ討伐依頼だったな、あの金色狼とやらと戦ったら無事ではいられなかったかもしれない。

◇　◇　◇　◇　◇　◇

「金色狼がこちらを睨んできたその時、薬師の小僧を庇《かば》いながら俺ァこう言ってやったんだ！

『かかってこい金色狼!!　この鉄壁のゴッドロープ様が相手してやるぜ！』ってな!!」

「そうだったか？　なんか震え声で喋《しゃべ》ってた気がするが？」

「そういうてめえは頭抱えてタスケテタスケテって呟いてたじゃねぇか！」

「くそぉ、それを言われると弱いぜ……」

今日も賑《にぎ》やかな酒場に笑い声や話し声がこだまする、ここはヒルデスの町の大衆酒場『ツヴェルグの腰掛』だ。少し行ったところにある鉱山による鉱業で栄えている町ヒルデスには、酒場の名の由来になっている髭《ひげ》もじゃで背が低く筋骨隆々の特殊な種族とされる鉱夫の伝説が伝わっている。

賑やかな酒場の中、その喧騒《けんそう》から少し離れた二人席に男女が座っている。ゲーアルトとグレータだ。本来なら真っ先に喧騒の輪の中に入る二人である。

「……今回の大討伐は本当に肝を冷やしたぜ、結構強くなってたつもりだったが金色狼を見て冷や水を浴びせられた気分だ」

「そうだね、あたいも本当に死ぬかと思ったわ。自慢の『火の加護』もああなっちゃ撃つことすらできやしないのが分かったよ」

二人は少し落ち込んでいる。ゲーアルトは、酒場を見渡してから言う。

「薬師のボウズは来ていないみたいだな」

「ええ、そうね」

二人の間に妙な雰囲気が漂う。

「金色狼が大人しく退《ひ》いたのは、おそらくあのボウズのおかげだよな？」

「一応、鉄壁のゴッドロープって可能性もあるけどね。ま、十中八九あの坊やだと思う」

「金色狼はやはり二級害獣に指定されるだけある危険極まりない害獣なのがよく分かった。あの咆哮は普通の奴じゃ耐えられないからな」

「加護のかかった咆哮は危険だからどんな状況でも背を向けて逃げるなとは聞いていたけど、二級害獣の咆哮があんなにヤバいなんて思わなかったよ……」

高いランクの害獣狩人であれば当然知っていること、それは『加護』は人間のみが持つものではないということである。つまり生きとし生けるもの、もちろん害獣にも『加護』を持っている個体がいる。害獣に限っては高いランクになればなるほど持っている可能性が高い。

皇国における最近の研究では、変異種と呼ばれる個体も実は加護持ちの可能性が高いということが分かっている。人間たちと同様に加護による恩恵で、同じ種族ながら圧倒的な強さを持っているというわけである。

二級、三級に指定されている害獣の多くは、その咆哮にも加護がかかっているため、普通の人間はそれを食らうだけで失神してしまう。耐えられるのは武道などで精神修練を積んだ強い武人、もしくは強力な加護を持った人間である。

ちなみに一級害獣は州が一つ二つ滅ぶクラスの強さなので、そんなレベルの話ではない。一級認定された害獣は過去に一体のみである。

「あの坊やは二級害獣の咆哮を食らっても全く堪《こた》えてなかった、つまり尋常じゃないレベルの武人か、とてつもない強力な加護を持ってるかってことね。ゴッドロープの大きな盾に隠れていたおかげで助かったみたいな顔をしてたけど、あんな盾で防げるものじゃないのはよく分かってる」

「ああ、薬師だから後方部隊なんですヅラをしていたが、あの黒い槍も相当な業物に見えた。アイツ戦っても相当強いぜ」

「あの子、見た感じだと二十《はたち》にすら全然届かない坊やでしょ？　とんでもないのがいたものね」

「化け物は金色狼だけじゃなかったって話だ。いてくれて正直助かったがこうも見せつけられるとへこむぜ。ま、落ち込むのは今日で終《しま》いだ、明日からはまた害獣を狩りまくって強くなってやる」

「命あっての物種。でも今回のは今後を考えると良い経験になったよ。ゲーアルト、これからも頑張っていこうじゃないか」

グラスを合わせて乾杯をし、二人とも一気に飲み干す。そこにだいぶ出来上がっている害獣狩人が絡んできた。

「ゲーアルトさん、グレータさん、なに二人でしんみりしてるんですか！　ジーゲーで起こった豚人の大討伐の話聞かせてくださいよ！」

「……よーし、てめえらに俺の大活躍を教えてやろうじゃねえか!!」

「そうこなくっちゃ!!　今晩は飲み明かしましょう!!」

「……まったく、ゲーアルトはしょうがないねえ」

そう言いながらも、顔は笑っているグレータ。賑やかな酒場の夜はまだまだ長い。

幕間　金色狼の学びと教訓

金色狼は考える。あのヒトとの戦いを避けたのは正解だったと。

我々は非常に強い種である。ヒトなど束になろうと相手にならないことは自分がよく知っている。ただしヒトは美味《おい》しくないし、とんでもない数の集団で襲いかかってくることがある。なのでヒトは積極的に狩るべき相手ではないと分かっている。

我々は賢い、ヒトの知識もある程度得ている。

ヒトは単独では弱い、だが例外があることも我々は知っている。戦ってはいけないと思ったことが三回ある。

一回目は、まだ我《われ》が小さい時のことだ。母と共に行動していた時に、とあるヒトのオスと出会った。

母が咆哮をあげたが、涼しい顔をして立っていた。ヒトが木を切るのに使う道具、それをヒトの背より大きくしたものを持っている。目を凝らしてよく見るとヒトの体が強く光り輝いている。母もそれに気づいたのか、『全速力で逃げよ』と我に声をかけ、自身はヒトに向かって駆けていった。

母は強い、どんなヒトも獣も前足の一撃で殺してきた。それを何度も見てきた。ただそのヒトに限っては前足の一撃を軽々と受け止め、持っている道具を力任せに叩きつけ母を弾《はじ》き飛ばしていた。

それを見た我は、必死で森の中に逃げ込み走り続けた。森の奥に隠れてから、日が昇り、しばらくして暗くなる、それが何度か過ぎてから戻ってみると、大量の血の跡があるのみで母の姿はなかった。おそらくあのヒトに殺されたのだろう。

この出来事があってから、戦ってはいけないヒトがいることを学んだ。

二回目は少し前の出来事だ、とある森でヒトのメスが一人で歩いているのに出くわした。頭が金属のような色をしていて、体には葉のような色の服を纏っている。

戯れに葬ってやるかと思った瞬間、離れた距離にいたはずのヒトが我の目の前に立っており、持っている金属の棒で切りつけていた。我の前足から血が出ている。何が起こって何をされたのか全く分からなかった、ヒトの動きが全く見えなかった。

ヒトをよく見ると、得体の知れないおどろおどろしい何かが纏わりついているのが見える。

これは、戦ってはダメなヒトだと一瞬で悟り、全速力で逃げた。幸いヒトは我を追ってこなかった。

三回目は先ほど出会ったヒトだ。貧弱なヒトがいたので、我が子の修練に使った。修練が終わったところで、別のヒトの集団に咆哮を浴びせた。案の定、ヒトはまともに動けなくなった。子の修練に使ったヒトよりは戦えるが、それほど強くないヒトの集団だと思った。

だが、一人だけ咆哮に全く動じていない、頭の上が夜のような色のヒトのオスがいた。母の時と同じだ。

よく見ると、母を殺したヒトよりも強く光り輝いているのが分かった。あれは絶対に戦ってはいけないヒトだ。分かっていない子が向かっていこうとしたため、たしなめその場を去った。

あのヒトが追ってきた場合、母のように子を逃がすために我が食い止める必要があると思っていた。だが、今回も幸いヒトは追ってこなかった。

これで、子にも戦ってはいけないヒトがいることを教えられた。

我々は賢く強い。並のヒトや獣など敵ではない。ヒトは弱い。だが我々でも勝てないヒトがいることは、より生き永らえるためには知っている必要がある。

四話　屍人騒動

男がとある村へ向かって一人歩みを進めている。道の先には看板が見えてきた。

「ここまで来たらあと少しだな」

看板を過ぎてさらに道を進む。しかしあの二人は一体どうしたんだろう。危険な害獣が出るような場所でもないし、野盗が出たという話も聞いたことがない。件《くだん》の患者についても、適切に隔離さえしていれば問題になるようなこともないだろうに。妙なことになってなければいいが。

しばらく歩いてようやく村の入口に着いた。

「この時間帯なら村人が出歩いているはずだが、全然見当たらないな」

辺りを見回しても人っ子一人見当たらない。不気味な静けさに、冷や汗が流れる。

「おーい、誰かいないか？」

村の中へ向かって歩きながら、大声で呼びかけてみるが返事は返ってこない。おかしいなと思いながら、さらに先へと歩みを進める。そうこうしていると、こちらに背を向けて立っている村人を見つけて思わずホッとする。

「なんだ、いるんじゃないか。おーい、俺だ」

その声に振り返る村人、だが様子がおかしい。

「目が……、赤い？　まさか!?」

様子がおかしい村人が有無を言わさず飛びかかってきた、そして男を押し倒し噛《か》みつこうとする。

噛まれそうになるのに必死で抵抗しながら男が叫ぶ。

「や、やめてくれえ!!」

◇　◇　◇　◇　◇　◇

ヒルデスの町を出て、レムシャント州を馬車で進む。いくつかの町を経由してようやく皇国管理区域近くの町まで着いた。次の日の馬車でようやく入れる。

ゾーゲン皇国の皇都はベルンという名前で、皇国管理区域の中央に位置する巨大都市だ。皇帝の居城、総合ギルドの本部、天神教本部などもここにある。まさに皇国の中枢とも言える都市になる。

皇国における文化の中心地でもある。最終目的地はアーヘン州のザレだがここにはしばらく滞在する予定にしている。

本当はもっと早くここまで来る予定だったが、ヨダ村の件と銀色狼《おおかみ》の大討伐依頼の件で当初の計画より一週間以上遅れが出ている。急いでいるわけではないので遅れが出たところで困ることもないわけだが、厄介事に絡まれるのは勘弁してほしい。さて、考え事もほどほどに今日はそろそろ寝よう。

翌朝早くに出る馬車に乗って、街道を進む。皇国管理区域はここまでとは違い、入るには検問を越える必要がある。州境には高さ三メートルぐらいの石積みの塀がめぐらされており、衛兵が数人いる門がある。

州境全域にわたって塀があるんだろうか？　検問といっても、顔の確認と国民証を渡してそれをチェックしてもらうだけだ。

「よし、この馬車にいる者は問題ない。通ってよし‼」

馬車に乗っている全員が問題なかったようだ、馬車が門を通って皇国管理区域に入る。といっても、道の舗装具合などはここまでと大差ないが。

夕方には、目的としていた町に着いたがこれもまたレムシャント州の町の佇《たたず》まいと大して変わらなかった。

次の日も早朝に馬車に乗って、次の町に向かう。滞在するのは皇都ベルンに入ってからの予定で、そこまでの道のりは今まで通り馬車の乗り継ぎになる。

昼を過ぎてからだいぶ経《た》って、馬車に乗った他の人も含めまったりした時間を過ごしていた。そろそろ目的地の町が見えてくるかと思った頃、突然大きな声が響く。

「なっ、何だお前らは!! 盗賊か!?」

大声をあげたのは御者のようだ、三十メートルぐらい先だろうか十人ぐらいの集団が道の中央にぼーっと立っている。遠いのではっきりとは分からないが、盗賊にしては武器や防具は身につけていない。

「(盗賊にしては装備が貧弱なような……?)」

そう思っていたら、集団がこちらをめがけ歩いて近寄ってくる。近づくにつれ見えてきたが、髪はボサボサで服はボロボロだ。何人かは目に見えて重傷と思われる傷もあるのに構わずこちらに向かってきているように見える、どう見てもまともな人たちじゃない。

それを見た馬車に乗っている剣と盾を持っている狩人のような人が叫ぶ。

「おい……、あれはもしかしたら屍人《しびと》じゃないか!?」

途端に馬車の中が屍人という言葉にパニック状態だ、泣き叫ぶ者、震えて丸くなっている者、あたふたしている者など……。

「(屍人ってなんだ？　該当しそうなのはキョンシーと、あとは昔やったゲームでしか見たことがないが……、ゾンビみたいなものだろうか？)」

狩人のような人が、俺に声をかける。

「あんたは随分冷静なようだが、立派な槍《やり》を持っているところを見ると害獣狩人か？　俺は五級害獣狩人をやっているジギスムントってもんだ。とりあえずあいつらを無力化しねえと、馬車にいる奴らが全滅しちまう」

「あれは一体なんなのですか？」

「俺もよくは知らねえ。何かの原因で突然発症する屍人病って病気になった人間の末期症状と特徴が一致してる。そしてそうなった人間を屍人って呼ぶんだ。まず最初に風邪のような症状が出て、それからさらに三日ほど経つとやがて目が真っ赤になって同時に凶暴になり話もできなくなる。そうなると見境なしに人でも獣でも襲い、そして食っちまうらしい」

ふーん、この世界にも風邪ってあるんだな。

「とすると屍人と呼称してはいるものの、あれらは一応生きた人間ということですか？」

「ああ、だが感染した時点で治す方法がないって話だ。その上、奴らに噛まれたり引っかかれたりした奴も発症することがあるって聞いてる。とりあえず、奴らを排除するしかない。皇国の法律上でも屍人の武力排除は罰せられることもない」

人を食うまでいくならゲームで出てきたゾンビになるウイルスとかが思い浮かぶが、この世界なら『加護』が関係しているのかも？　もっと現実的な路線なら、狂犬病のような病気なのかもしれない。俺は『薬師《くすし》の加護』で圧倒的なウイルス耐性があるはずだから、万一やられても大丈夫か？　確信はないが。

馬車に残ったところで意味がないので、ジギスムントと共に馬車の外に出る。御者台を見ると誰もいない。辺りを見回すと御者の男は道から外れたほうに走って逃げていくのが見える。おいおい、「いのちをだいじに」作戦なのかもしれないが客を置いて自分だけ逃げていいのか。

「争う意思がねえなら、止まれっ!!」

ジギスムントがこちらに近寄ってくる集団に大声で話しかけるが、誰も全く止まる気配がない。よくよく見ると確かにジギスムントが言った通り、彼らの眼の白目部分は完全に真っ赤だ。

「駄目だ、やはり屍人に違いねえ。仕方がない、全員殺すしかない……。悪いがあんたも手伝ってくれ」

戦わざるを得ないのは分かったが、斬ってその血がこっちに飛んでくるのは避けたほうがいいな。

幸いこの槍は刃がない部分もあるグレイブのようなタイプだ、刃のない側で叩《たた》いてぶっ飛ばすか。

これも一応峰打ちって言うんだろうか？　彼らに向かって槍を振るう。

「はッ!!　せいっ!!」

脳のリミッターが外れているのか見た目よりは力が強いようだが、ゾンビ映画やゾンビが出るゲームのように運動能力や再生能力が飛躍的に上がるわけではないようだ。

こちらに襲いかかってくる人を、向こうの素手攻撃のアウトレンジから槍のリーチを利用し振り回してどんどん吹っ飛ばしていく。吹っ飛ばした人はとりあえずは起き上がってこない。

俺以外には八十キロ以上の重さを感じさせる特殊な槍だから、刃で斬らずとも筋組織や内臓がズタズタになっているからだろう。俺に向かってきた数人をぶっ飛ばして、一息ついたところでジギスムントの様子を窺《うかが》う。

「だあっ!!」

ジギスムントは片手に装備した盾を使ってうまく捌《さば》きつつ両刃の片手剣で、向かってくる人を斬っている。そこそこ強いが、アライダはもちろんのこと、ユリーやゲーアルトにも遠く及ばない腕のようだ。

よく見ると飛び散った血が少し外套《がいとう》に付いているようだが大丈夫なんだろうか、念のためあまり近寄らないほうがよさそうだ。

二人でなんとか全員を始末できたようだ。ジギスムントが息を切らしながら声をかけてくる。

「はーっはーっ……。あんた若いのに随分強いんだな、余裕じゃねえか……。こっちは複数相手に感染させられないように戦うだけでやっとだったのによ」

一段落ついたので武器を水で念入りに洗ってから、布で拭き、さらに布は燃やして処分した。

この症状がエンベロープウイルスによるものなのかは分からないが、こういう時に消毒用のアルコール製剤が欲しい。さすがに皇国でも高濃度エタノール水溶液を消毒に使う習慣はまだない。皇都滞在中にアルコールの精製もできるようになっておきたい。一応方法については考えがある。一度精製さえしてしまえば、アルコールは消毒薬だから薬としてカウントされて『薬師の加護』の対象になるはずで、以降は簡単に作り出すことができると思う。

エタノールが作れれば、ジエチルエーテルつまり麻酔薬が作れる可能性が出てくる。この世界にも硫酸はあるだろうか？

馬車を確認したが、乗っていた人たちは無事でみんなから口々にお礼を言われた。馬についても傷はなく、走るのに支障はないようだ。あとは御者だけだが……。

そう思っていたら、道の外れから誰かが走ってくる気配がある。近づいてきて、それが腕から血を流した御者なのが分かった。

「たっ、助けてくれ!!　奴らにやられた!!」

どうやって振り切ってきたのか知らないが、真っ先に逃げておいてやられたからって戻ってくるんじゃねえよ。と思っていたら、こっちに近寄ろうとする御者にジギスムントが剣を向けて叫ぶ。

「近寄るなっ!!　その怪我《けが》が屍人に噛まれたり引っかかれたりしたものならお前は既に屍人症に感染している可能性が高い!!　悪いが馬車に近寄らせるわけにはいかない!!」

「な、な、なんだって……」

御者はその場でへたりこんだ。ウイルスや菌によるものなら感染価がそんなすぐに出るとも思えないし、空気感染じゃないなら拘束しておけば乗せても大丈夫なはずだが、別の原因かもしれないしこの世界の人間が感染学に詳しいわけでもないから、御者は離れてついてこさせるか置いていくかになるか。最悪、殺すって選択肢もあるにはあるが。

「ジギスムントさん、御者を追って新手が来てもまずいですし、とりあえず町に向かいませんか？」

「ああ、早々に発《た》ったほうがいいな。逃げた御者が屍人にやられたってことは、この辺りに屍人が大量にいるのかもしれねえ……。御者、置いていかれたくねえならお前は馬車から少し離れて後ろをついてこい」

絶望したような顔をしている御者は小さく頷《うなず》いた。

幸いというか、乗客の中に馬車の取り扱いができる人が乗っていたのは助かった。この国の感染対策がどうなっているのか不明だが、町にすぐ入るのは止められるかもしれない。

怪我をした御者が歩いてついてくるのもあり、馬車の進行スピードがかなり遅くなったが、襲われたのが比較的町近くだったため夜になる前に、元々の目的だった町に着いた。

金属の重厚な鎧《よろい》で全身を武装した衛兵らしき兵隊が十人以上、町の入口門の前に立っている。

「そこの馬車、止まれ‼」

「お前たち、屍人に出くわさなかったか⁉」

開口一番屍人について問う当たり、この地域一帯で屍人が問題になっているのかもしれない。馬車からジギスムントが降り、説明をする。

「私は五級害獣狩人のジギスムントです。ここから少し手前で十名ほどの屍人に襲われ、同乗していたもう一人の害獣狩人と私ですべて撃退いたしました。御者が……奴らにやられています」

「なんだと!! 御者はこちらに来い！」

青ざめた顔の御者が衛兵の前に出る、衛兵たちは武器を突きつけた上で御者を凝視する。一番立派な鎧をつけた、おそらくこの場の責任者とおぼしき衛兵が声をあげる。

「この傷……、これはもう手遅れだな、誰かこの男を感染者とみなして隔離せよ！」

「はっ!!」

衛兵二人に武器を突きつけられたまま、御者はどこかに連れていかれた。治療法がない以上、多分牢屋《ろうや》か何かに隔離して発症するか確認するんだろう。発症したらその後は当然……。

「ジギスムントとやら、貴様服に血が付いているではないか!! まさかやられたのではあるまいな！ 今すぐここで服を脱げ!!」

衛兵たちに一斉に武器を突きつけられたジギスムントは、すぐに服を脱ぎ説明をする。

「これは奴らの返り血ですが、外側の外套にのみ付着し中の服には染み込んでおりません。奴らから攻撃ももらってはおりませんし、奴らを攻撃した武器は水で丁寧に洗いました。私の体は存分にお調べください」

下着だけになったジギスムントを、衛兵たちが念入りに調べる。

「……よし、傷がないのは確認できた。悪いが外套はこちらで処分させてもらう」

「馬車に乗っている他の者も調べさせてもらおう」

さすがに服は脱がされなかったが、国民証で照合をして、さらに全員の外見をかなり念入りに調べている。

衛兵が一通り調べた後、責任者の方に向き頷いて合図を出す。調べた結果、特に問題はなかったようだ。

「よし、お前たちは大丈夫なようだな。だが、念のため全員我々が用意した宿場で一週間隔離させてもらう。馬車はこちらで預かって清掃するので歩いて向かってくれ。これは皇国執行令による強制措置である。悪いが従ってもらおう。屍人と戦った害獣狩人の二人は残ってくれ」

俺とジギスムント以外の乗客は、何人かの衛兵に連れられて町の中に入っていった。隊長らしき衛兵が俺に向かって話しかけてくる。

「そちらの害獣狩人殿は、国民証によると確かトール殿か」

「トール・ハーラーです」

「うむ、悪いが襲いかかってきた屍人について詳しく聞かせてほしい」

襲いかかってきた屍人病とおぼしき人たちの服装などの外観、声をかけたが全く反応しなかったこと、全員おそらく殺したがその後焼却処分などはせずこちらに向かったことなどを話した。

「ふうむ、なるほど。聞く限りではやはりイリンゲ村の村民っぽいか……。一応、明日の朝にでも現地を調べさせる」

「やはり、と仰《おっしゃ》るのは？」

「うむ、ここオットヴァの町から四十キメートト（四十キロメートル）ほど北へ行ったところに、イリンゲという名の村がある。村とはいっても千人ぐらいの人が住んでいて、布製品の生産が盛んな村だ。そこで屍人病罹患《りかん》疑い者が出たという報告が二週間ほど前にあったのだ」

「しかし、すぐ隔離すればそんなに大きな被害が出ないのではないですか？」

「その通りだ。だが、それから一週間経っても村から何の連絡もない故、衛兵二人を調査に行かせたのだが未《いま》だに帰ってきていない。その後、責任者が見に行ったが村への途中で屍人に襲われ、這《ほ》う這《ほ》うの体《てい》で帰ってきた。それからすぐに、近隣の他の街道にも屍人らしき人が現れたとの報告が出て、今に至るというわけだ。行商の者など数人が既に襲われてしまっている状態で、このように近隣の町では厳戒態勢を取っている。おそらく、何らかの理由で村中が屍人でいっぱいになって、溢《あふ》れた者が街道にまで来ているのだと考えている」

インフルエンザやコロナじゃないんだから、そんなに簡単に感染が広がるものなのだろうか？何らかの人為的悪意が関わっているような気もするが……。

「ここオットヴァの町も含めて、近隣の町村から衛兵や害獣狩人、護衛者などを集めて部隊を構成し、近日一斉に屍人駆除作戦を行う予定になっている。故に、近隣の町村には行き来を禁止する命令が本日出たのだが、お前たちが出発するまでに伝令が間に合わなかったみたいだな。

相手は生きた人なので高ランクの狩人に限るだろうが、君たちにも召集がかかるかもしれない。ちなみに、君たちの級はどれぐらいなんだ？」

ジギスムントがそれに答える。

「私は五級害獣狩人兼五級護衛者です」

トールも同様に答える。

「私は六級害獣狩人です」

ジギスムントは驚いた顔をしながら、

「お前、あの腕で六級なのか!?　俺よりはるかに強いと思ったが……？」

「いやあ、買いかぶりすぎですよ。実力相応です」

それを聞いて、衛兵はうんうんと頷く。

「召集されるとしたら五級以上だろうから、ジギスムント殿は呼ばれるかもしれないが、トール殿は対象外となりそうだ。どちらにせよ、お二人も我々が用意した宿屋にて一週間は滞在してもらうことになる、基本的に外出は禁止だ。ただし皇国執行令によるもの故、宿泊費・食費はこちら持ちなのでそこは安心してほしい。おい、ジギスムント殿とトール殿を宿までお連れせよ」

「はっ！」

衛兵二人に連れられ、ジギスムントと町に入る。

「やれやれ、大変なことになってしまったなあ、トール」

「ええ、そうですね」
これはまた厄介事に巻き込まれてしまったな。宿に一週間カンヅメにされるだけで済めばいいが。

門で止められてから五日が経った。乗客はもちろん、俺やジギスムントも屍人病らしき症状を発症することはなかった。念のため、一週間までは隔離されるらしいがもう安心していいとのことだ。

ただし件《くだん》の御者は除く、だが。

落ち着いたところで屍人病について考える。前に試した通り、『薬師の加護』には「作り方が分からない薬を頭に思い浮かべると、薬に必要な材料および調合方法が分かる」という能力がある。

なので、もしかしたら屍人病の特効薬が思い浮かぶかもと考え試してみたが、必要な材料も調合方法も全く分からなかった。つまり、そのようなものはないということだ。もしかすると屍人病はそもそも病気ではないのかもしれない……。

足止めされてから六日目の朝、俺は宿屋の部屋で独りごちる。
「文化的スローライフに向けて東に向かっているはずだが、厄介事に巻き込まれてどんどん遠ざかってる気がしないでもない……」

ため息が出る。ため息が出ると幸せが逃げるらしいが、ため息が出る前から幸せが逃げているようだな。でも、『薬師の加護』と強力な武器を入手できたのは幸せではあるか。

今日も皇国執行令とやらで外出はできないから部屋でゆっくりするかと思っていたら、ドアをノックされ声をかけられる。

「トール殿の部屋はこちらか？」

「はい、そうですが」

「少し話があります、中に入ってもよろしいですか？」

「ええ、どうぞ」

軽鎧を纏《まと》った男が入ってきたので、椅子を勧めると腰かけてから話しかけてくる。

「トール殿、初めまして。私は、オットヴァ町の屍人討伐部隊副隊長のフロレンツと申します。屍人の大々的な駆除作戦については既にご存じと聞いております」

「ええ、イリンゲ村で大量に発症者が現れたとされる屍人の対応だとかで？」

「それでです、それについてトール殿に伝達事項があります。なお、これは皇国執行令になります」

ただ旅しているだけなのに定期的にこの手のイベントが起こるのはなぜなのか……。加護が絶対に悪さをしていると思う。

「お察しかと思いますが、屍人討伐部隊への参加要請が出ています。屍人病は治す手段がありませんが、薬師として後方部隊に待機いただきます。四級薬師な上に、屍人との戦闘経験がある害獣狩人であることから総合ギルドより推薦がありました」

「……皇国執行令なので実質強制ですよね？」

今となっては手早く金を稼ぐために四級まで薬師の等級を上げたのと、薬の原料を取るついでに獣を狩ることもあるからと害獣狩人になったのは間違いだったと思っている。そう、皇国では俺が思っていた以上に『それなりに獣も狩れる薬師』が希少な存在だったのだ。が、もう手遅れも手遅れだ。

「はい、そうなります。トール殿にお願いしたい業務としては、まず最初に屍人による直接攻撃以外による負傷の治療です。もう一つが後方部隊員全員の業務になりますが、討伐部隊長の護衛です」

「前者は分かりますが、討伐部隊長を護衛するとは？」

それを問われたフロレンツは少しバツが悪そうな顔をする。

「今回の討伐には、戦闘経験が浅いとある方が討伐部隊長になることが決まっております、それ故です。後方部隊が襲われることはまずないと思いますが」

「なにか引っかかる物言いに聞こえますよ。普通、屍人の討伐部隊長本人が屍人と戦う能力がないなんてことは考えられないと思います」

「我々としてもこれに関しては申し訳ないとしか言いようがないのです。その辺の事情は当日になればご理解いただけるかと思います」

地球でよく見た創作物なんかだと、貴族のクソ雑魚子息みたいなのがお飾りの部隊長をやってたりする展開がありがちだったけど、まさかそれだったり？

「屍人は夜になると動きが活発になるため、一両日中に一気に討伐する計画になっております。既にここオットヴァの町を中心に、近隣の町村で討伐隊が結成済みで、明後日に全部隊でイリンゲの村を囲うような形で一気に殲滅《せんめつ》します。なので、トール殿も明後日の早朝に町の入口にお越しいただきたい」

「強制ならやむを得ないですね、承知しました」

「水・食料・薬類はこちらで用意しますので、トール殿は戦闘の準備のみをして来ていただきたい。報酬については総合ギルドから支払われます。それでは当日はよろしくお願いいたします」

一礼して、フロレンツは部屋から出ていった。

まーた面倒事に巻き込まれてしまったな、スローライフを送れる日はいつ来るのか？　しかし討伐に加わることはもう決定してしまったので、屍人討伐戦について考える。

屍人病のおそらく末期症状になった患者でも映画やゲームで見るようなゾンビというにはほど遠く、見た目はほぼ人間なので攻撃するのは若干の抵抗がある。だが狂犬病患者同等の人間が襲いかかってくるとなると対処はやむを得ない。

攻撃されて感染したとしてもワクチンのようなものがあれば、すぐ対処することで末期症状が出るのは防げるのかもしれない。だが治療法がないとされている時点で、皇国にそんなものがあるわけはないだろう。そもそもウイルスや菌という概念すらなさそうな気がする。

俺については鋼蚕《こうかい》の糸による極めて頑丈な服を着ているので、多少の攻撃では皮膚まで届くことはない上に、『薬師の加護』のおかげでウイルス耐性は常人より圧倒的に優れているから、はるかに安全性は高いだろう。

だが、発症しないと決まったわけではないので用心が必要だ。こうなってしまった以上は、屍人の討伐がつつがなく終わることを祈ろう。


あれから二日後の早朝、言われた通りオットヴァの町の入口に向かった。既に衛兵や害獣狩人っぽい人たちが集まってガヤガヤしている。

見渡すと見知った顔があった、ジギスムントだ。向こうもこっちに気づいたらしく、近づいてくる。

「よお、トール。お前も呼ばれたのか」

「薬師として後方部隊に呼ばれてしまいまして、正直なところ参ってますよ」

「ああ、そういうことか。俺も屍人とはいえ、元々はただの村民だろう人と戦うのは気が引けるよ。後方部隊ならまず大丈夫だろうが、お互いやられないようにだけ気をつけようや」

手をヒラヒラ振って、ジギスムントは参加者の確認をしている衛兵の方に向かっていった。俺もあっちに行かないといけないのかなと思っていたら、おもむろに大きな声が辺りに響く。

「オットヴァ町屍人討伐部隊隊長、ウド・アスペルマイヤー卿のお越しである!! 皆の者、注目!!」

周りも含めてなんだなんだと声がするほうを見ると、立派な白い馬を引いている執事風の恰好《かっこう》をした白髪の爺《じい》さんが声をあげたらしい。

引かれた馬に乗っている人を見ると、茶髪のおかっぱ頭でずんぐりむっくり体形の、見るからに甘やかされて育ちました感バリバリのお坊ちゃん風の男が乗っている。頭以外は銀に光る立派な鎧を纏い、腰には帯剣しているが全く似合っていない。

「我《われ》がウド・アスペルマイヤーであり、屍人討伐部隊隊長である。本日は我の指示に従って行動することをゆめゆめ忘れるでないぞ」

言い方は尊大極まりないが、声が小さく目もキョロキョロと泳いでいる。あまりこういうのに慣れてないいんだろうか？

そんな中、執事っぽい人だけがウンウンと頷きながら拍手をしている。見た目と言動からすると、テンプレートのような無能隊長にしか思えないが、実際は有能パターンだと嬉《うれ》しい。

よく見ると馬の少し後方に、一昨日に俺の部屋に来た副隊長のフロレンツがいるが、ばつが悪そうな顔をしている。その顔から判断するに、実際にも「アカン」奴なんだろうな。

周りを見ると、害獣狩人からは明らかにしらけムードが漂っている。だがそんなムードはお構いなしに、馬を引いてきた執事が続ける。

「後方部隊員は、ウド様を必ず守るように。貴様らとは違い、ウド様は七級貴族アスペルマイヤー家に連なる者、つまり皇国にとって極めて貴重な人間である。そのことを心にとどめ置くように！」

フロレンツは小さくため息をついている。この執事っぽい人、なんでモチベーションを下げるようなことを言うんだろう、と思っているとフロレンツが手をあげて声を出す。

「後方部隊員はこちらに集まってくれ、点呼を取りたい」

後方部隊の面々は、まず一応隊長のウドと副隊長のフロレンツ、多分フロレンツが実質の隊長なんだろう。

薬師が俺を含めて二名、ただしもう一人の薬師のおじさんは戦闘経験がほとんどなく、屍人と戦うなんてとてもじゃないが無理とのことだ。

この手の討伐に普通の薬師が参加するというのはほぼない超レアケースなので正直驚いた。戦闘ができない時点で強制参加させられることはないはずだし、そもそも薬師が貴重だからだ。だからこそ、俺にお鉢が回ってきてしまっているわけだが……。

薬師のおじさんに聞いてみると、どうも普段からアスペルマイヤー家にかなりお世話になっているらしく断り切れなかったようだ。

部隊の薬師というよりはウド専属の薬師という立場での参加とのことで、部隊の手当ては君がすべてやってくれたまえと、さも当たり前のように言われてしまった。

聞いた話から総合的に察するに金銭的な意味でアスペルマイヤー家とズブズブの関係、ということだ。ウドの万一を考えて、ウドの親なり後見人なりが手配したんだろう。

他に荷物持ち要員が数名、総合ギルド職員、アスベルマイヤー家が雇った五級護衛者二人の総勢で十名程度が後方部隊になる。

執事の爺さんは荷物も装備も持っておらず、ついてこないようだ。

討伐のメイン戦闘部隊は、武装した衛兵と五級以上の害獣狩人で構成されている。見る限りでは、先日の大討伐依頼の時よりも精鋭が集まっている印象だ。触れられるとまずいのもあってか、金属鎧を全身に纏った人、槍や弓を装備した人が多い。

今回の作戦は、イリンゲ村の周囲にある町村それぞれで構成された部隊が、途中の道で屍人を撃破しながら進み、イリンゲ村で全部隊が合流、最後は全員でイリンゲ村にいる屍人を殲滅する予定である。これまでの調査で、村の外へ出た屍人病患者はそれほど多くない見込みだそうだ。

死体については今日のところは、場所場所で集めておき、明日以降に村へ運んでいって埋葬なり火葬なりする計画になっている。村が全滅している予測なので村ごと墓場にしてしまう、つまり廃村にするんだろう。

しかしこれ、実のところやってることは屍人病の患者、つまり人の大量虐殺に他ならない。救う手段がない以上どうしようもないが、前世も含めて過去一で気が向かない仕事だ。おそらくみんなそう思っているだろう。

点呼も終わり、出発するようだ。

「では、しゅっ……」

執事がフロレンツを睨《にら》みながら、号令を遮る。

「フロレンツ!!　なぜ君が仕切るのかね!?」

「えっ、あぁ……申し訳ありません」

フロレンツはウドに向かって礼をしながら謝罪する。

「ふんっ、分かればいい。ウド様がこの部隊の隊長なのだからな、指示はウド様が出す!!」

「はっ」

視線が自分に集まっていることに気づいたウドが、ハッとしたように出発の掛け声を発する。

「では、出発……」

ウドの号令がかかり、部隊員が行進を始める。声が弱々しくてなんか頼りないなあ。フロレンツを見ると、苦々しい顔をしている。ただ、苦々しさの中に憎しみのような感情が見えるような……?

こっちが見てるのに気づくと小さい声で、

「本当にすまない……」

と後方部隊員に謝罪する。中間管理職はいつの世も苦労するんだなあ。フロレンツは将来ハゲるかも。とりあえず、不安いっぱいの門出となった。

予定していた通り、イリンゲ村へと続く街道を進んでいく。

町から出てしばらくは何もなかったが、数キロ進んだ辺りだろうか。数人の屍人とおぼしき人がふらふらとしながら立っていた。

集団の前方にいる衛兵と狩人が、何度か呼びかけを行ったが、俺が馬車に乗っていた時と同様に何も反応せずこっちに駆け寄ってきて、見た目の特徴も屍人そのものだったため討伐された。

ちょうど、緩い下り坂の辺りだったため、後方部隊からも討伐の様子がはっきり見えた。

「ヒッ……」

馬の上から怯《おび》えるような声が聞こえる、どうやら隊長のウドはこの手の件には不慣れなようだ。

傍《そば》にいる護衛者が大丈夫です、落ち着いてくださいなどと宥《なだ》めている。

「(何をしに来たんだこいつは。連れてきて大丈夫なのか?)」

それから同様の確認・討伐をしながら、村へと続く道を少しずつ進んでいく。やってる業務が業務なだけに、士気はかなり低い。衛兵だろうと、狩人だろうとこんなことをやりたいわけがない。

街道にはそれほどの屍人はいなかったらしく、ある程度進んだところで村への方向を指し示す立て看板が見えた。立て看板を見て、フロレンツが言う。

「ここまで来れば、村まで三キメート(三キロメートル)ぐらいですね」

それを聞いた、ウドが続ける。

「フロレンツ君はこの村出身なんだ。だからこの辺りの地理にも詳しいし副隊長になってもらった。僕は隊長だけど未熟なのは自分でよく分かってるから、フロレンツ君に補助してもらってるんだ」

町にいた時とは違う随分穏やかな物腰だ。こっちが本当のウドなのかもしれない。

「へー、フロレンツさんはこの村出身なんですか。それで今はオットヴァで衛兵を?」

「ああ、まあね……」

「??」

なんか煮え切らない返事だな。思うところでもあるんだろうか？　深入りはしない方がよさそうだ。

それからしばらくして村の入口辺りに着いた。規模は大きい村ではあるものの、見た目はのどかな農村という感じだ。ただし、村民が全く見当たらないところは除いてになるが。集団で襲われる可能性があるので、村の中には入らないようだ。

「他の町村の討伐隊とはここで待ち合わせてから、全員で村に入って端からまわっていく計画ですか？」

「ああ、その予定だ。みんな、ここで一旦《いったん》待機とする。ただし、何が起こるか分からないから気を抜かないでくれ！」

フロレンツが全員に呼びかけを行う。とりあえずは小休止というところか。

数分待機したぐらいの頃だろうか、何かが大勢近づいてくる足音がする。なんだ？　と思って村の入口の方を見ると、村の奥の方から軽く数十名は超える、下手したら百名近い人がこちらに近づいてくる。

気配から察するに明らかに屍人だ。

「き、気をつけろ!!　屍人だ!!」

「なんでこんな大量に村の入口に集まってくるんだ!?　屍人はある程度まで近寄らなければ襲って

こないはずなのに!?」

そういえば最初に見かけた時も、今日の道中でもフラフラ歩き回らず道端にずっと立っていたり、座り込んだりしていたたな。無駄なカロリー消費を避けるためにあまり動かないのかもしれない。だが、この村にいる屍人は遠くの方から明らかにこっちに向かってきている。何かが違うのだろうか？　前方の集団と戦闘になるのは時間の問題だ。

さすがにこの数になると、こっちにも少なからず被害が出そうだぞ。と思っていたらフロレンツがウドに問う。

「ウド様、いかがいたしますか？　このままだと当部隊は崩れかねません、ご指示願います」

「しししし指示？　どどどうしよう……。フロレンツ君どうしたらいいと思う？」

ウドは慌てふためいていて使いものになりそうにない。フロレンツは考え込むような仕草を見せ、発言する。

「この集団がまとまって逃げるのも難しいですし、戦うしかないと考えます。金属鎧で全身をしっかり守っている衛兵を前に行かせればそうそう被害は出ないでしょう。その補助を害獣狩人にさせましょう」

「わわ分かった、それでいこう。フロレンツ君、前方部隊に指示してくれ」

「承知いたしました」

フロレンツが部隊の前方に指示を伝え、それから間もなくして戦闘が始まった。やはり屍人の数が多く、かなり押されている。ただ、数が多いだけではなく個体としても強いように見える。

「ぐぐっ、なんだこいつらの力は。先ほどまでとは全然違うぞ！」

「くそっ、とにかく傷を受けないように注意しろ!!」

戦闘部隊はかなり苦戦しているようだ。

前方から衛兵が発したとおぼしき大きな声がする。

「ウド様!!　このままだと総崩れです、早急にご指示ください!!」

ウドは相変わらず馬上で慌てふためいている。すかさずフロレンツが助言をする。

「ウド様、後方部隊から徐々に撤退することと致しましょう。全速力で走れば屍人は追いつけないはずです。このまま戦闘を続けるとウド様もやられますよ」

フロレンツ、さっきは逃げるのは難しいと言ってたのに、急に丸っきり正反対のことを言い出しやがった。部隊のリーダーは実質まともなフロレンツだとばかり思っていたが、こいつもこいつで怪しくなってきたぞ。

「ええっ、僕も!?　分かった、そうしよう！」

あっさり判断しすぎだろう、少しは自分で考えたほうがよさそうなもんだが……。

「では前方部隊に伝達してまいります」

フロレンツが戦闘している部隊に伝達した後、後方部隊から撤退し始める。先導はこの辺りの土地勘に優れるフロレンツだ、彼について後方部隊全員で元来た道を戻る。

「(?? おかしい、来た道と違うところを通っていないか?)」

俺と同様の疑問をウドも持ったようだ、ウドは馬を止めフロレンツに問いかける。

「フロレンツ君、道はこれで合ってるのかい？　来た道と違うようだけど……」

「ええ、合っています」

「あと、いつ頃前方部隊が合流するのかな？」

笑顔でフロレンツが答える。


「ああ、戦闘部隊のことですか？　彼らなら来ませんよ」


フロレンツの発言に場が凍る。こいつは今なんて言った？

「……フロレンツさん、戦闘している部隊が来ないとはどういうことですか？」

俺の問いかけに、張り付けたような笑顔のままでフロレンツが答える。

「言葉のままですよ、トールさん。私はこう伝達しましたから、『ウド様のご指示です、他の町村の討伐部隊を増援としてすぐに呼んでくるから、このままなんとか耐えきってくれ』とね」

取り乱しながらもウドが、さらに問いかける。

「フ、フロレンツ君！　なぜそんなことをするんだ!?」

フロレンツの顔が歪《ゆが》んで、醜悪な笑顔を見せる。

「なぜって、そりゃもちろんあなたがたを全員殺すか屍人にするためですよ」

帯同していたもう一人の薬師が、口から唾を飛ばしながらまくしたてる。

「こ、殺すか屍人にするだって!?　なんでそんなことをするんだ！　我々が君に恨みを買うようなことをしたかね？」

「嫌だなあ、覚えてないんですかルベルさん？　僕の母さんを診《み》てくれず、見殺しにしたじゃないですか」

「見殺し……、もしかして十年以上も前に君の母親が急病で亡くなった時の話か？　あの時は私とオットヴァの医師が、たまたまアスペルマイヤー様の指示もあって訪問診療で別の村に行っていたからじゃないか！　見殺しにしたわけじゃない！」

それが本当なら、見殺しというのは無理筋な気がするが。十年以上も恨んでいたのだろうか？　それならそれで別にやりようがあると思うし、どうもフロレンツは理屈が通るような状態ではない気がする。

「まあ言い訳はいいんですよ。あの時お二人がいれば母さんは助かったのは事実。そして、ウド様。あなたの父上がそれを指示したのが悪かったんです、だから今度はウド様の番にしようかと思いまして」

「あの時は、別の村が流行《はや》り病《やまい》で大変だったし父上は悪くないよ……」

ウドはこれまでも何かとフォローしてくれていたフロレンツを信頼しきっていた。将来も自分の腹心として頼りにするつもりでいた。だが、その裏でフロレンツはアスペルマイヤー家への恨みを募らせていたのだろうか？　ウドは複雑な思いに顔を歪めた。

「フロレンツ、貴様血迷ったか！　そもそも、貴様一人でこの人数を相手にすることができるとでも思っているのか!?」

そう言うとウドについている護衛者の一人が、剣を抜いてウドの前に出た。

「いや、もちろん私一人じゃ勝ち目なんてないですよ、ハハハ。だからね……。おーい!!」

フロレンツの掛け声とともに、遠くから人が走って近づいてくる。近くまで来て分かった、十数人の屍人でみんなガタイの良い成人男性だ。

思わず身構えたが、フロレンツの真後ろまで来ると動きを止め襲いかかろうともせず立っているだけだ。

「……屍人なのに襲いかかってこない？」

「ハハハッ、トールさんそうなんですよ。そこが重要なところでね」

立っている屍人の頭を撫《な》でたり肩を叩いたりしながらフロレンツが話す。頭を撫でられても、屍人は微動だにせず立っている。

「トールさんはご存じですか、ここの村で屍人病罹患者が出て、しばらくして衛兵が二人見に行ったけど帰ってこなかった。その後、責任者が確認しに行ったら屍人に襲われて帰ってきたって話を」

いつ屍人たちに襲いかかられても対応できるように、用心しながら答える。

「ええ、その話ならオットヴァの町に来た時に、衛兵に聞きましたが」

「その責任者って実は僕なんです。屍人に襲われたまでは本当なんですが、そこから先が実際は少し違うんですよ。襲われてもう少しで噛まれるって時に大声で『やめてくれ!!』と叫んだら、屍人たちがピタッと動きを止めたんです。なんでだと思います？」

「……もしかして、加護ですか？」

それを聞いてか、さらに興奮したフロレンツが両手を大きく広げ上を見上げながら大声で答える。

「そう!!　そうなんです!!　あわやというところで、素晴らしい加護を神から授かったのです！屍人を自由に操ることができる加護、言うなれば『傀儡《くぐつ》の加護』といったところでしょうか!?　今や村中が屍人で溢れかえっている、そのすべてが私の配下と言ってもいい！　しかも私が屍人を操ると、普通の屍人よりも圧倒的に強くなるんです!!　この力があれば復讐《ふくしゅう》……、いやそんなものはもはやどうでもいい!!　すべての人間を屍人にして、この国を支配することさえ可能なのです!!」

確か、加護を後天的に授かることは無いと本には書かれていたが……。その通りならおそらく生まれた時から『傀儡の加護』とやらを持っていて、ピンチの時にたまたま発動して気づいたといったところか。

しかしこの態度はあまりにもおかしい、今までは完全に猫をかぶっていただけなんだろうか？

そうだとしても仮に本気で国の支配を目指すなら、もっと秘密裏に屍人を増やすなりしたほうが賢い。加護に気づいてからが行き当たりばったりすぎる。

こんな目立つようなことをしたら、今はうまくいってもいずれ皇国の軍隊なりで鎮圧されるだろう。もしかすると『加護』のうち特に強力なものは本人の性格にも影響を及ぼすのでは……？

「これは神が私に王となれと授けた、天命に間違いない!!　……そこで皆さんにはその礎《いしずえ》になってもらおうというわけです。トールさんや護衛者のお二人、荷物持ちの方には何の恨みもないんですがね、運が悪かったと思ってください」

「うわあああああ!!」

「い、いやだあああああ!!」

「俺はこんなところで死にたくねえ!!」

ルベルと呼ばれた薬師と、荷物持ちをしていたうちの二人がフロレンツとは逆側に走り出した。道に沿うとフロレンツが呼んだ屍人に追われると思ったのか、散らばって林の中へ入っていく。

「逃げても無駄なんですよねえ、ハハハハ……」

フロレンツのその言葉の少し後、三人の断末魔とおぼしき叫び声が聞こえた……。おそらく近くに待機させていた屍人に襲わせたのだろう。ウドが半泣き状態で呟《つぶや》く。

「こんなのあまりに酷《ひど》すぎる……」

「ウド様。それは『持たざる者』の意見に過ぎません。持てば分かりますよ。では、皆さんもそろそろお別れの時間です」

そう言うと、待機していた屍人たちがゆっくりと動き出した。それを見て俺は持っている槍を強く握りしめる。

「(『薬師の加護』の耐性で屍人病を防げる確信がない以上、出し惜しみするのは得策じゃない)」

馬の上でウドは狼狽《ろうばい》している。隊長殿はマジで何をしに来たのやら……。護衛者二人はそんなウドの脇を固める。

「薬師、ギルド職員、荷物持ち！　悪いがウド様を守るだけで手いっぱいだ、お前たちを守る余裕はない！　自分たちの身は自分たちでなんとかしろ！」

「あらら、護衛者さんは冷たいんですねえ。では、まずトールさんから死んでもらいましょうかね！」

フロレンツの声と同時に屍人が文字通り跳躍して飛びかかってくる、人とは思えない跳躍力で高跳びなら余裕で世界新を狙えるレベルだ。フロレンツは屍人の力を引き出せるみたいなことを言っていたが、常人がこんなに跳ぶことができるわけがないからその通りだったようだ。

「はあっ!!」

掛け声とともに槍を思いっきり振り払うと屍人にクリーンヒットし、そのまま数メートル吹き飛んだ。続いて、その後ろから飛びかかってきた二体目も、返す刀で斜め上に斬り上げる。

斬ると血が飛び散るのでもちろんどちらも峰打ちだ。二体は起き上がってきそうにない。それを見たフロレンツが目を見開き驚いている。

「なんて力だ……。トール貴様、害獣が少し狩れる程度の薬師じゃなかったのか!? くそっ、ウドを攻撃しろ!」

操られた屍人の何体かが、回り込みウドに向かって攻撃を仕掛ける。ウドは剣も抜かず馬の上でオロオロしているだけだが、護衛者が屍人たちをなんとか留《とど》めているようだ。

ただ、そっちも時間の問題だろう。さっさとフロレンツと取り巻きの屍人を片付けたほうがよさそうだ。フロレンツは屍人の向こう側、ガッチリガードされてるな。屍人から片付けるか。

フロレンツの意識がウドに向いた隙《すき》に、すかさずコートの内側に隠していた、加護を隠すためのダミー用として使っている小麦粉が入った小袋を何袋か投げつけると同時に『薬師の加護』でマテンニールとトリカブトを空間散布する。

「ガァッ!?」

「ギャアッ!?」

空間散布を食らった屍人たちは、叫び声をあげて目を押さえている。一番最初に出会った屍人は怪我に構わず襲いかかってきていたが、この屍人たちは少しは痛覚も残っているということか。屍人とはいえ、あくまでもベースは人間なようだ。

皮膚刺激性が強い劇薬になるマテンニールは効果があった。なら、じきに毒薬のトリカブトも効いて絶命するはず。

「何を投げつけた⁉　くそっ、トールを殺《や》れっ‼　早く！」

指示をするが、屍人たちは目が見えないためかウロウロしながら闇雲《やみくも》に手を振り回すのみだ。屍人になったら熱感知できるとかじゃなくてよかった。まごついている間にフロレンツに素早く近づく。

「お前ら俺を守れ‼」

それに気づいたフロレンツは空間散布でやられず残っていた三人の屍人に進路をブロックさせ、同時に踵《きびす》を返して全速力で逃げ出した。

「(効果範囲の十メートル以内にいるっぽいから間に合うか⁉)」

小麦粉を投げている余裕がないので、マテンニールとトリカブトをフロレンツの前に散布する。

だがフロレンツはそれに構わず走っていった。

「(うーん、間に合わなかったか……。大勢の屍人と合流されると厄介だぞ)」

ブロックした屍人が襲いかかってくるが、槍をフルパワーで横薙《よこな》ぎにして二体同時に吹き飛ばす。

残った一体は石突《いしづき》で力任せに突き飛ばした。『薬師の加護』もありがたいが、この槍は本当に使える。するとウドを守っている護衛者の一人が叫ぶ。

「おいっ、薬師‼　そっちがなんとかなったならこっちを助けてくれ‼　もう限界だ‼」

……さっきは自分の身は自分で守れみたいなことを言ってたくせに随分と都合が良い。だが見殺しにするわけにもいかないから、助けるしかないか。

見ると馬の上で震えているだけのウド、それを守るように両サイドにいる二人の護衛者の周りを五人の屍人が取り囲んでいる。

剣を振り回したり、盾で防いだりしながらウドに近ごうとするのをなんとか抑えている。護衛者二人はしっかりした金属鎧を着ているのもあってか、噛まれたり引っかかれたりはしてないようだ。

そういえば、他の人たちは大丈夫なのかと思ったらフロレンツの命令が『ウドを襲え』だったからか、荷運びの人や総合ギルドの人は襲われていないようだ。少し離れたところで固まってじっとしている。

ここは『傀儡の加護』が良い方向に働いたらしい、薬師のおじさんたちも逃げなければ助かったかもしれないな……。

「(マテンニールの空間散布をすると、護衛者やウドも巻き込みそうだから使えないか)」

ウドの方に向かって走り、その勢いのまま槍の石突を胸部分に突いて屍人一体を突き飛ばす。さらに近くにいたもう一体も横に薙ぎ払う。あと三体、と思っていたら屍人が急に何かが切れたようにポカンとした様子になり、動きが緩慢になる。

「理由は分かりませんが好機ですよ、護衛者さん!!」

「心得たッ!!」

護衛者の一人が、一体の屍人に剣を上から斜めに振り下ろし肩口を斬り裂く。それをやると血が飛び散って感染の危険があるが、それを言ってる場合ではないか。

もう一人の護衛者が、金属製の盾を構えて力任せに体当たりをして突き飛ばす。もう一体の屍人は、俺が槍で薙ぎ払った。

マテンニールとトリカブトを食らわせた屍人たちは既に絶命したのか、その場で倒れていた。様子を見たが、どの屍人たちも起き上がってくる気配は今のところない。

これで全部の屍人を片付けることができたと思ってよさそうだ。護衛者の一人が、倒れた屍人たちを確認しとどめをさして回っている。

屍人の動きが少し緩慢になったのはおそらく、フロレンツが自称していた『傀儡の加護』の効果が切れたからか？　ただ現時点で距離が離れたことによるものか、フロレンツ自体が死んだのかは分からないが。

「ウド様、お怪我はありませんか!?」

護衛者が確認するが、幸い逃げた人たち以外についてはウドも他の人も屍人から傷を受けた人はいなかったようだ。ウドが安堵《あんど》のため息をついているが、俺がすかさずウドに言う。

「ウドさん、一息ついている場合じゃないですよ。戦闘部隊は今も戦っているんです。フロレンツが『加護』を使って屍人を強化しているのなら早くなんとかしないと！」

そうだったと思い出したウドが慌てだす。

「ト、トール殿。どどどうすればいいんでしょうか？」

俺に聞くんじゃねえよ、それを判断するのが隊長のお前の役目だろうが……。文句を言ってもらちが明かないので仕方なく進言する。

「まずはフロレンツを追いましょう。奴が死ねば事態は多少なりとも好転するはずです」

「確かに‼　我らは屍人に注意しながらフロレンツが逃げていった方向へ奴を追いかけることとする！」

残った後方部隊でフロレンツが走っていった方向にしばらく進んでいくと、フロレンツがうつ伏せに倒れていた。注意しながらひっくり返すと、泡を吹いて絶命していた。どうやら空間散布したトリカブトは効いてくれたようだ。

「私が屍人に撒《ま》いた毒を、フロレンツが吸っていたようですね」

「それで奴の加護が消え去り屍人の動きが緩慢になったのだな。トール殿のおかげで助かった」

馬上からではあるが頭を下げてウドが俺に礼を言う。日本の創作物だと貴族がそこらの平民に頭を下げるイメージがないが、この世界だとそうでもないんだろうか？　ユリーはそんな感じじゃなかったので、ウドだけな気もするが。

「礼より、戦闘部隊の様子を見に行ったほうがいいと思いますが。ただ、最悪全滅している可能性もあるので様子を見ながら行きましょう」

「確かに。ではトール殿の言う通り、様子を見ながら戦闘部隊の方に戻ることとする」

フロレンツのことは置いといても、誰がこいつを隊長に選んだんだ……。

あれから村の入口に向かって戻り始めた。途中で屍人が襲ってくることがあったものの、数人にとどまった。フロレンツが近くに待機させていた屍人かもしれない。

村の入口近くまで戻ると、大群で襲ってきた屍人はすべて排除することができたようだ。討伐隊は町を出た時の人数よりも明らかに多いから、おそらく途中で他の討伐隊が合流したんだろう。

そんな中でこちらに手を振りながら近づいてくる男がいる。ジギスムントだ。なんとか無傷で乗り切ったようだな。

「よお、トール。こちらはなんとか片付いたぜ。お前らは別の討伐隊を呼びに行ったってことらしいが、それがなかなか来なくてな。ギリギリのタイミングで到着したからよかったものの、結構ヤバかったぜ」

「実はですね……」

フロレンツの事情をジギスムントに説明する。

「はあ～、なるほどあの副隊長が加護使い、その上で裏切り者だったとはな。村の入口で戦った屍人がやたら強かったのも納得だぜ。そっちもよく乗り切れたな」

「ええ、まあなんとか」

「六級だとか言ってたが、トールお前相当な実力者だもんなあ。そういえば、もう一人いた薬師と荷物持ちがいねえようだが……？」

「ええ、フロレンツが操る屍人にやられてしまいました」

「そうか……、こっちも死人こそいないが屍人に傷をつけられたり噛まれたりした奴が結構いるぜ。発症しなきゃいいんだがな……。俺が無事なのは運が良かっただけだ」

「まだ、村の中には？」

「ああ、まだ中には入ってないからな。おそらく数百人の屍人がいるはずだ」

そう、フロレンツのせいで大混乱に陥ったが、まだこの部隊の任務は終わっていないのだ。そういえばウドはと思い辺りを見渡すと、他の村の討伐部隊の隊長や総合ギルド職員と何やら話し込んでいる。おそらく状況のすり合わせとこの後どうするかについてだろう。

ある程度時間が経ってから、ウドがこうなった事情について全員に説明をする。この事態を招いた原因のフロレンツについては、この計画を立案しフロレンツを副隊長に任命した総合ギルドとアスペルマイヤー家が自らの落ち度を認め謝罪した。後日、原因であるとか補償であるとか責任であるとかについては追及すると宣言した。当然ウドに向かって非難囂囂《ごうごう》だったが、言い返すでもなく頭を下げたまま黙って受け入れていた。

そして、他の町村の討伐部隊と合流してから少しずつ村の屍人を討伐して回って制圧する旨が発表された。傷を負った者については発症の恐れがあるため、最低限の治療だけ行いオットヴァの町に戻り、隔離されることになった。彼らについては屍人病を発症しないことを祈るしかない。

その後、発表された通りに別の町村の討伐部隊と合流し、村の入口から虱潰《しらみつぶ》しに屍人を討伐して回った。俺はあくまで後方部隊ということで討伐には参加しなかったが、後からジギスムントに聞いたところによるとやはり村中の老若男女問わず全員が屍人化していた。年端もいかない子どもの屍人もそれなりにおり、かなり悲惨な討伐作戦だったらしい。残念ながら屍人じゃない生存者はゼロだったとのことだ。屍人病になった者を早急に隔離しておけばこうなることはないと思うが、この村はなぜここまで酷いことになったのだろうか？

夕方頃になりようやく、村中の屍人を討伐し終えた。予定ではここまでかからないはずではあったが。今からオットヴァに戻ると途中で夜になるため、村で一夜を明かすことになった。大量の死体と一緒に過ごす夜……。思うところはあるが彼らも屍人になりたくてなったわけではない。

◇　◇　◇　◇　◇　◇

「……以上が、アンスガー・アスペルマイヤー卿からの『イリンゲ村・屍人大量発生およびその処置と顛末《てんまつ》』についての報告になります。その他仔細《しさい》につきましては、こちらの報告書をご覧くださ い」

「ご苦労。痛ましい惨事というほかないが過去の例を鑑みるに、この程度の被害で済んだのは不幸中の幸いとも言える。しかし、討伐部隊長だったアスペルマイヤーの倅《せがれ》は気が優しいのもあってか、軍務においてはてんで使えないと聞いていたが、特殊な加護使いまで現れたこの事態をよく収められたものだ。報告書によれば、『フロレンツの裏切りにより窮地に陥ったが、ウド・アスペルマイヤーの見事な指揮で部隊を最大限に活用し事態を打破した』とあるな。てっきりアスペルマイヤーが息子の箔付《はくづ》けのために名ばかりの隊長として行かせたんだろうと思っていたが、実はウドが切れ者でこういう事態を想定でもしていたのか？」

訝《いぶか》しげな顔で報告書をペラペラめくりながらそう言うのは、バルタザール・アウフェンミュラー。皇国における内務を司《つかさど》る内務省の長、皇国第二級貴族である。内務卿と呼ばれている。

「ウド・アスペルマイヤー卿がそのような人物とは私も聞いたことがありません」

「屍人の大量発生という状況ゆえに、どのみち本件は皇国専属の衛生調査部隊に詳しく調べさせるつもりであった。まあ、そのあたりもおのずと分かるであろう」

「しかし、なぜイリンゲ村中の全員が屍人になってしまったのでしょうか？　初期に隔離すれば、起こり得ないと思いますが」

しっかりと蓄えた口髭《くちひげ》を触りながら、バルタザールが問いかける。

「カウフマン君。君は百年ほど前に起きた、『ハイルブロの悲劇』を知っているかね？」

「いえ、寡聞にして存じません」

「そうか……、確か君はつい先日五級貴族に昇格したのだったな？　ならば、『皇国加護研究所』から特別講習の受講要請があったのではないか？」

「はい、必ず今月中に受けるように要請を受けております」

「ではその特別講習で知るところとなるだろう。屍人病、特にこういう事態になったものは厳密には単純な病気ではないのだよ」

「……もしかして『加護』と密接な関係が？」

「もちろん皇国加護研究所もすべてを把握しているわけではないがな」

「…なるほど、講習を受け学ぶことといたします」

「うむ、そうしたまえ。下がってよし」

カイ・カウフマンが執務室から出ていってから、バルタザールが独りごちる。

「比較すれば被害は圧倒的に小さかったが、百年前と同じ悲劇が起こるとはな……。やはり『加護』は人には過ぎたる力よ」

五話　調整者との邂逅

あの後、オットヴァの町に戻り、俺を含めた討伐隊に参加した者はまた一週間隔離されることになった。

結果として、俺は屍人《しびと》病に感染することはなかった。詳しくは聞いていないが、屍人から攻撃を受けた人たちについてはやはり発症した人もいたらしい。

そのあたりのアフターケアや、責任についてはこれからアスペルマイヤー家やこの町の総合ギルドが順次対応していくのだろう。

そういえば、あれからウドが自ら訪ねてきてねぎらいの言葉と共に、総合ギルドとアスペルマイヤー家からだと報酬を手渡してきた。金札十枚（約百万円）だった。

妙に多い気がするが何か別の報酬も入ってないか？　ただ実働時間こそ一日ちょっとだったが、仕事内容からこれを高いと見るかは微妙だと思う。個人的には二度とやりたくない仕事だ。

ただ、その後アスペルマイヤー家に仕えないかと熱心に打診されたので、ウドがわざわざ訪ねてきたのはそっちが本当の目的だったようだ。お抱えの薬師《くすし》が死んでしまったせいもあるのか必死だったが、もちろん丁重にお断りさせていただいた。

この町に留《とど》まり続ける理由もないので、隔離から解放される日の早朝、ザレを目指して再び東へ進む旅を再開した。途中しばらく滞在する予定の皇都ベルンまでは馬車を乗り継いで数日で到着するはず。

今日の到着予定地は、川べりの町コブレンツだ。皇都ベルンの西には、非常に大きなオーデルン川という名の川が流れており、これがベルンの水瓶《みずがめ》になっている。

この川は北にある山脈から流れてきており、皇国を東西に分断するように流れているため、西から王国や小国群が攻め込んできた時の天然の濠《ほり》になるわけである。国力的にそんなことは万一にもなさそうな気はするが。

川には大きな橋が架かっており橋を渡った皇都側に比較的大きな町がある、それがコブレンツだ。

予定通り、昼過ぎに橋にさしかかった。馬車から覗《のぞ》くと、川べりには座ったり寝そべったりとそれぞれリラックスした様子の多くの猫がいるのが見える。

この世界にも猫がいるのは知っていたが、えらい数が多いな。猫を珍しそうに見ていた俺に気づいたのか、御者が声をかけてくる。

「お客さん、オーデルン川名物の川辺猫を見たのは初めてかい？」

「川辺猫？」

「川べりにいる猫たちのことさ、あれでも一応七級害獣なんだぜ」

ただ単に川辺に棲《す》んでいるだけの猫じゃないのか？

「襲いかかってくるような危ない害獣の気配は全くないですが、害獣なんですか？」

「まあ確かにその通りで、割と人馴《ひとな》れしてるし、近くに行くとエサをねだられたり撫《な》でろと言わんばかりにすり寄ってきたりはすれども、襲いかかってくることなんてないんだけどな。ただ、奥を見てみな。かなり大きい川辺猫がいるだろ？」

そう言われて、よく見てみると確かにかなり大きいサイズの猫が数匹いる、ぱっと見でライオンか熊ぐらいのサイズがありそうだが……。

「あのでっかい猫が大川辺猫って呼ばれている五級害獣でな。奴らは『水の加護』を持っている。あれも基本的には大人しい。だが同族の川辺猫に悪さしたりするとあの大川辺猫が加護を使って復《ふく》讐《しゅう》してくるから、一応は川辺猫も害獣扱いになってるんだ。まあ、よっぽど酷《ひど》いことをしない限りは復讐といっても大怪我を負わされたり殺されたりするわけではないらしいけどな。そういや皇国は大川辺猫を侵略された時の防壁の一つと考えてるって噂《うわさ》もある」

「へー、なるほど。そういうことなんですね」

川辺猫の見た目は、日本で見かける普通の猫にしか見えない。毛色も三毛だったり茶色だったりと別段珍しくない。大川辺猫はそれがそのまま大きくなったという感じだ。眺め続けていると、明らかに見た目が異なる大川辺猫が一匹いるのを見つけた。地球にいた頃、歯磨きされて目を見開いていく猫ＧＩＦ画像で見かけた種、たしかラグドールだったかに酷似している、毛色は薄い水色だ。

しかもその大川辺猫は前足を立てたお座りスタイルでこちらを凝視しているように見える。

「……御者さん、奥にちょっと見た目が異なる大川辺猫がいるようですが？」

「ん、どれだい？　ああ、あれか。言われてみりゃ、確かにちょっと違うなあ。でもまあ同じ猫だし、たまたま見た目が違うだけだろう」

「そうなんですかねえ」

「ああ、おそらくな。そういえば、皇都じゃ川辺猫を飼ってるって人も珍しくないんだぜ？　中には大川辺猫を飼ってる人もいるとか。大川辺猫は飼い馴らすと背中に乗せて走ってくれるって話だ」

「へえ、飼うこともできるんですね」

「ああ、なんでも総合ギルドの方で飼育用の手続きが必要だそうで……」

他愛《たわい》もないお喋《しゃべ》りをしながら、橋を渡っていく。

◇　◇　◇　◇　◇

橋を渡っていく一台の馬車を、川べりから大きな影が凝視している。
『ふむ、祖が仰っていたのはあれか。直接見て分かった、あの光は確かに間違いない』

◇　◇　◇　◇　◇

そのまま特に問題なくコブレンツに着いた。今日はここで一泊だ。そういえば、皇都に近づくにつれ宿泊費が増えていっているのが少し気になる。このあたりは需要と供給ということなんだろう。地球にいた頃に勤めていた会社でも支給される宿泊費が東京と大阪と地方都市で違っていたことをふと思い出した。ちなみに今日泊まる宿は七銅貨（約七千円）だ。

この宿も水洗トイレが付いている、こちらに来て幾度となく思ったがやはり温水洗浄便座が欲しい。ぼっとんじゃないだけマシなんだろうが、人は満たされると次が欲しくなる生き物なのである、仕方がない。

食事を外で済ませて、宿に戻り特に夜更かしをする理由もないので、早々にベッドに入る。ウトウトと微睡《まどろ》んできた頃、部屋に声が響く。

『夜分に失礼させてもらう』

その声で飛び起きて、近くに立てかけていた槍《やり》を握る。

声がしたほうを見ると、昼に見かけたラグドールに似た巨大な猫が窓辺にお座りしていた。遠目に見た時同様に体全体はふわふわした薄い水色の毛で覆われている。

顔の左右部分と耳が薄茶色、いわゆるハチワレというやつか。

目はきれいなエメラルドグリーンだ。色合いこそ違えど、見た目はラグドールそのものだ。ラグドールは確か原種ではなく、愛玩用として人が掛け合わせて作った品種のはず。なぜそれに似ているんだろうか？

ただし見た目こそラグドールだが大きさは全然違う、こうして近くで見るとやはりかなりデカい。毛がふわふわしてるのもあってかライオンよりもだいぶ大きく見える。なんだったら、俺ぐらいなら余裕で乗せて走れそうだ。

その体は少し発光しているようで、部屋に明かりがないのにはっきりと全身が見える。

『警戒せずとも、こちらから危害を加える意思はない。まずは話を聞いてもらえないか？』

部屋には俺と猫しかいないので、喋っているのは猫で間違いないようだ。

落ち着いたやや低音の凛々《りり》しい女性のような声で、地球にいた頃に某ロボットアニメやゲームで見たパッツン前髪でお馴染《なじ》みのハ〇ーン様の声に似ている。

しかし横目で確認した限りでは部屋のドアにも窓にも鍵はかかっているのに、どうやって侵入したのか？

『まずは自己紹介させてもらおう、我が名はトゥゥツォルンオミィイテテヤインオノンスンウスヤエゥだ』

「……なんだって？」

『……ふむ、人には発音しにくいか。人の言語で言えば「水の調整者」に該当する』

「水の調整者⁇　大川辺猫じゃないんですか？」

『うむ、大川辺猫とは全く異なる種だ。お主たちの理解する範囲で言えば、神性存在や精霊などに該当する存在と思ってくれ。調整者という存在について聞いたことはないか？』

調整者、という名前には聞き覚えがある。なにでだったか……思い出した、王国で読んだ「加護のすべて」という本だ。あれに『調整者の加護』という名の加護が記されていたはずだ、確か何もない場所に木を生やすことができる加護だとかで。

「過去に読んだ文献に、何もない場所に木を生やす能力として『調整者の加護』というものが書かれていたのは見知ってはいます。それと何か関係が？」

『ほう、調整者と契約していた者が記録されておったか。それは、おそらくどこかの「森の調整者」だな。我からするとかなり下級の調整者だ』

「それで、『水の調整者』のあなたはどうやってこの部屋に入り、何の用で俺に話しかけたのか教えてもらえますか？」

『一つ目の質問について答えよう。我は名の通り、この世のありとあらゆる水を自在に調整することができる。つまり我が体を水のように変化させることもできる。故に僅《わず》かな隙間《すきま》でもあれば簡単に侵入できるというわけだ』

そう言うと、右前足を液状化させてみせる。

なんだそれは、それが本当なら人の体内の水の調整もできるということだ、つまり干からびさせ一瞬で殺すことができる。体を水のように変化させられるならこちらの物理攻撃も無効化されてしまうだろうし、毒が効くとも思えない。

事実、体を液化するのを見たし、鍵がかかったこの部屋に簡単に侵入されていることから考えても言っていることは嘘《うそ》ではないだろう。

加護のあるなしにかかわらず人ではとてもじゃないが太刀打ちできるレベルの生物ではない可能性が高い。思わず槍を握りしめる力が強くなり、冷や汗が流れる。

こちらの考えが分かったのか、猫はニヤリと笑ってさらに続ける。

『なに、恐れる必要はない。先ほど言った通り、我はお主に危害を加えるつもりはない。むしろ保護しに来たのだ』

笑う猫、地球だったらバズったかもしれない。

「保護しに来た、とは？」

『それこそが、お主の二つ目の質問の答えになる。我は祖の命《めい》に従ってお主を保護、具体的にはお主と契約を結びに来たのだ』

「契約……。私としては加護は十分間に合ってるんですが」

『ふうむ、我と契約を結ぶことができるなどそうそうあることではないのだがな。まあよい、実のところ契約を結びに来たのはお主が間に合っていると言う、その「薬師の加護」が原因なのだ』

「やはり、私の加護をご存じですか」

『左様。お主の中身いわゆる魂はこの世界の人ではないこと、大いなる天主から直接「薬師の加護」を授かったことも知っておる。その上で、契約を結びに来たというわけだ』

「契約を結ばない、という選択肢はないというわけですか」

『なあに、お主にとっても悪い話ではないぞ。だが、その様子では理屈も分からず契約を結びたくはなかろう。そういえば、名前を聞いていなかったな。お主、名前は？』

そこまで知っているのに名前は知らないのか。

「トールです、トール・ハーラー」

『ハーラーは家名か。では、トールに問う。加護とはどういうものかお主は知っておるか？』

「神から与えられる特殊な能力で、色んな種類、効果の大小があり、使用回数も制限がある。ぐらいなら」

『神から与えられる、か。なるほどな、やはり『加護』についてこの国ではそこまで知られておらんのだな。国の中枢や、天神《てんじん》教なる宗教の上層部なら知っておるのやもしれんが』

「というと、実際には中身としては違うものということですか？」

『うむ。まあよい、夜はまだまだ長い。円満に契約を結ぶためにも説明してやろうではないか。まずは神性存在についてから説明せねばならぬか……』

そう言うと、水の調整者を名乗る巨大ラグドールは、床にどっかりと香箱座りした。説明する気満々なようだ。

こっちとしては、厄介事のにおいがするのでむしろ早急にお引き取り願いたい気持ちが湧き上がるが経緯から察するに、少なくとも話を聞かないと帰ってくれなさそうだ。

某テレビ局の集金や消防署の方から来た消火器売りのインチキセールスマン、がふと頭をよぎる。とりあえず説明とやらを聞くしかないか。

『まず最初に「加護」を与えるとされる、お主たちからすると神と呼ぶべき存在だが、その始祖たる存在が三柱いる。生命を司る「大いなる天主」、世界を司る「不動なる地母」、そして次元を司る「次元の翁《おきな》」だ』

なんか長い話になりそうだなと思いつつも、おそらく聞いて損になる話ではないのは俺にも分かる。ただ、こっちに来てからこういう具合で厄介事が降りかかってくる印象が強いので、どうも警戒してしまう。

まあ警戒したところでもうどうにもならないし、じっくり話を聞いて今後の判断をするために、槍は一応持ったままで部屋にある椅子に腰かけた。

『そして「大いなる天主」とその下にいる神々はありとあらゆる生命の祖である。「不動なる地母」とその下にいる存在はこの世界を構成する要素の祖である。「次元の翁」は単独で動く特殊な神だ』

「あなたは祖の命でこちらに来たと言っていましたが？」

『その通り、我が祖は「不動なる地母」である。我はこの世界のありとあらゆる水を調整・維持するための存在だ。なぜその命を受けたか、それは先ほど言った通り、お主が授かった「薬師の加護」のためとなる。だが、その前に『加護』について説明せねばならぬ。お主たちが「加護」と呼ぶ特殊な力、それを神が授けてくれた特殊な能力とお主は理解しているだろう。だが、正確には違う。あれは生命の祖たる「大いなる天主」とその下にいる神々の力そのものなのだ』

「与えられたものではないと？」

『うむ、神との縁《えにし》が関係しておる。すべての生命の源は神々である。そして何らかの理由により生まれついた際に神との縁がある生物がいるというわけだ。神の気まぐれな情、特定の種族に対する保護、基本的にどれも手前勝手な理由だ』

地球の神話も内容によっては、神様ってえげつないレベルで自分勝手だったりするよな。

「生物、と言ったのは『加護』を授けられるのが人間とは限らないからですか？」

『ほう、察しが良いなその通りだ。神との縁が出来た生物は、いわば神との直通経路がある状態になる。そしてその経路には神から溢《あふ》れ出た、いわば神力が満ちている。何らかのきっかけで生物がその神力に気づくと、経路から自らの体を通して神力を取り出し行使することができるようになるというわけだ。これが『加護』と呼ばれるものの正体になる』

なるほど、加護とは人が持つ特殊能力ではなく、あくまで借り物ということか。

『生物によっては稀《まれ》ではあるが「加護」の神力を目視や感覚で感じ取ることができるものもいる。例えばお主の体からは、眩《まばゆ》いばかりの金色に輝く極めて強い光が見えている。我もそれを追ってここに来ている。そしてそのあまりに眩《まぶし》く強い光は、お主にとって良い縁も悪い縁も強く引き寄せてしまう、灯《ひ》に集まる蛾《が》のようにな。良い縁を引き寄せたかと思えば、厄介事に関わらされたり、それは身をどう振ったところで避けられるものではない。その特殊な槍を持っているということは、どちらも心当たりがあるのではないか？』

「(やっぱりそうだったたか、良縁も悪縁も引き寄せる天運が漏れなくついてきていたわけだ。楽々スローライフが送れるのかどうか、かなり怪しくなってきたのが悲しい……)」

『話を戻そう。縁を結んだ神々の権能で行使できる神力の種類が変わる。そして最初の縁の深さで、経路の太さが決まる。太ければ太いほど経路に神力が多く満ちる、つまりより強力な「加護」を行使できるというわけだ。だが、強い神力を使えれば生物にとっていいことかと言われるとそうでもない』

「……精神に影響を与えたりするとか？」

『お主、なかなか鋭いな。そう、生命を生み出した神々から漏れる神力が、その生命を通れば影響を与えないわけがない。使用が一定を超えると、「加護」が使えなくなり体に悪影響が出るのも、神力により一時的に魂が摩耗《まもう》するからだ。そして行使できる神力が強ければ強いほど、生物の精神や肉体に何らかの影響が強く出る。つまり有用かつ強力な「加護」が使えるとしても、精神が不安定になってまともに生活が送れなくなるということもあり得る』

「（ということはもしかしてフロレンツは……）」

『さらに加えてお主らは「加護」がいいものだけと思っているかもしれぬが、中には生物に試練を与えることが種としての進化・進歩に必要と判断する神もいる。その場合は、意図的に悪意ある縁を結び、そして悪意ある神力を経路に満たし、それを渡されてしまうこともある』

「例えば、治すことができない病気だったりとかですか？」

『もちろん、そういうものもある。生物側からしたら傍《はた》迷惑以外のなにものでもないが』

「それで、そのあたりの話からどうして私との契約が必要という話に繋《つな》がるのでしょうか？」

『それはお主と経路を繋いでおるのが大いなる天主だからだ。大いなる天主は最初に説明した通り、生命を司る神々の始祖ゆえに比類なき強大な神力を持つ。人が神々と直接出会うことなどないに等しい。だがお主はその比類なき強大な神力を持つ大いなる天主と直接やり取りをして「加護」を授けられた、つまり大いなる天主との経路はかつてないぐらいに極めて太い。

本来、大いなる天主と太い経路で繋がっている場合、「加護」を行使すればその精神は強い影響を受け、元の精神が極めて深刻な損傷を受けるであろう。だがお主はこの世界の魂ではない、故にいくら使用したとしても魂の摩耗がごく僅かな上、精神への影響も極めて最小限で済んでいる。ここは幸運だったな』

おいおい、下手したら精神がやられていたかもしれないってことか……。

『大いなる天主の権能は「全能」だ。故に比類なき強さの「薬師の加護」が使えるのみにあらず、おそらくお主の体は「全能」の影響を強く受けている。槍を持っておるからには槍術《そうじゅつ》を多少なりとも学んだであろう。学ぶ際に、他の者より数十倍習熟が早かったり、天賦の才があるなどと言われなかったか？』

トールの元の体のセンスが良いんだろう程度に思っていたが、槍術を比較的早期に修められたのはそういうことだったのか。

『ここからが本題だが、「加護」というものは時間が経《た》つと世界に馴染んでゆく。問題は『加護』を持つ生物が馴染む前に死んだ場合だ。その場合、経路の神力が死体の周りにまき散らされてしまう。とはいえ、ある程度の年数を生きていたり、そこそこの「加護」であればどうということはない。問題となる場合は二つ。強力な「加護」を行使できる人間が生まれてすぐ死んだ場合だ。この場合は周りに大きな影響が出る』

これを聞いて、ふと思いついたことがある。

「例えばの話ですが、先に説明された治すことができない病気のような悪意ある『加護』を渡されて生まれた人間が、生まれてすぐ死んだりしたらどうなります？」

『その場合は、おそらくその「加護」によって受ける不具合が辺り一帯にまき散らされることになる。お主の言う病気のようなものなら、周りの人間が全員その病に罹患《りかん》する可能性が高い。そしてその病は医学や薬では治すことができないだろう。強い「加護」がある人間なら罹患しないだろうがな』

「……そうですか」

状況から察するに、イリンゲ村の一件もこれに関連している可能性が高そうだな。

『続けるぞ、問題となる二つ目、それがお主だ。神との経路が異常に太く、その神力が極めて強力な場合だ。この場合は生物としての寿命を全うして死んでも、周りどころか世界に絶大な影響を及ぼす。故に我との契約が必要と我が祖「不動なる地母」が判断なさったというわけだ』

いわゆる『加護』と呼ばれる力、そして俺と契約する理由については分かった、だが……、

「私とあなたが契約すると具体的にどうなるのですか？」

『先ほど言った通り、寿命でお主が死んだとて「加護」の強力さ故に世界に大きな悪影響が出る。なれば、その寿命を幾分か延ばして世界に十分馴染ませればいいというのが祖のお考えだ。我と契約すると本来は水を自由に扱える力が行使できるようになるが、それをすべて寿命の延伸に当てる』

正直に言わせてもらえば、俺が死んだ後がどうなろうと知ったことではないのだが……。今のところ、この世界にそこまで愛着があるわけでもないし。

「ちなみに悪影響というのはどの程度のものですか？」

『そうだな、今お主が死ねばこの町はもちろん、州や国単位での消滅もあり得る。まったく、大いなる天主も何のつもりなのかは知らぬが、とんでもないことをしてくれたものだ』

……俺ヤバすぎでしょ。これじゃ寿命時限式の地球破壊爆弾じゃないか。「大いなる天主」は何を考えてたんだ、こんなのをポイと渡すなんて雑にも程がある。

『お主の持つ「薬師の加護」が病に対する強い耐性があるのは知っておるか？　その耐性はいわゆる老化や老衰にも適用される。我が知る限りでは、通常の「薬師の加護」、それもそこそこ経路が太い者による寿命延伸はお主らの時間単位でおおよそ十年二十年というところだろう。従って何も契約せずとも、お主の寿命は通常の人よりは長い。だがそれでも足りぬ故、我の力を全契約にて行使する』

この世界の平均寿命がどれぐらいかは分からないが、どんなにあってもせいぜい六十～七十歳ぐらいまでではないだろうか？　中世ヨーロッパや江戸時代を考えるともっと短い可能性もある。ともあれ通常の寿命から十年二十年延びるということは、『薬師の加護』で十～二十％ぐらい寿命が延びる程度と考えていいだろう。

『我と契約すると、その寿命延伸が五～六倍程度にまで延びる』

とすると本来八十歳程度で死ぬところが、百五十歳前後ぐらいまで生きてしまうといったところだろうか？　地球で見たとしても、世界最年長記録を更新してしまうレベルではあるが、それぐらいならさして大きな影響はないと思っていいか。

「契約した時に、悪い要素みたいなのはないのですか？　さっき説明してもらった精神に影響が出るとか」

『お主はこの世界で生まれた魂ではない、故に我との契約においても精神への影響はほぼないと思ってよい』

「契約を断ることはできますか？」

『祖の命は絶対ゆえ断るなら、力ずくで契約するつもりではいる。だが、どうしても嫌なら別の方法もあるにはあるが』

「その方法とは？」

『影響が出ないぐらい深い水中や地中にお主を生かしたまま埋めてしまう方法だ。他に空の果てへ生かしたまま飛ばしてしまうという方法もある。祖は慈悲深い方ゆえ、さすがにそれはやめてやれと仰っていた。いざという時の最終手段ではあるがな。そろそろ決断してもらおう。お主は人としては強大な力を行使できるが、さりとて我にとっては脅威でも何でもない。容易に制圧できる。我としては、できれば穏便に契約を結ぶのが望ましい。さて、どうする？』

　どうやっても契約を断ることはできないようだ。生き埋めにされるのはさすがに嫌だし、寿命が少し延びるだけなら仕方ないと割り切るしかなさそうだ。

「……分かりました、契約します」

契約したところでラグドール側には、だいぶ先に起こるかもしれない世界への悪影響を防ぐことができる以外のメリットはなさそうだが、どういうわけかかなり嬉《うれ》しそうだ。

『実に結構。では右手を我の前に差し出すがよい』

椅子から立ち上がり、言われた通りに右手を差し出すと、その右手に向かって巨大ラグドールが右前足を差し出し、俺の手の上にそっと置く。……皮膚のような感覚があるので、肉球があるようだ。なぜ??

ラグドールが何かをぶつぶつ呟きだすと、元々うっすら発光していた体が強く輝きだす。そしてその光が俺の元に移ってきて、徐々に光が収まっていった。

『よし、これで契約は終わりだ。手の甲を見てみよ』

右手の甲を見てみると、大体三センチぐらいの水滴のようなラグドールと同じ水色のマークが付いている。

『その印が契約の証《あかし》だ。では今後二千年ほどになるか、短い間だがよしなに頼む』

「こちらこそよろし……………、二千年??」

『む？　何かおかしいことを言ったか？　お主の寿命である二千年ほどだが』

「な、なんでそんなに寿命が延びるんだ!?」

『何を驚いておるか？　説明したではないか、お主は比類なき強大な『加護』を行使する立場であると。故に「薬師の加護」での寿命延伸もまた強大に伸びる、「通常」であれば十年二十年だが、お主になるとおおよそ三百～四百年というところだろう。それがさらに五～六倍になったのだから、約二千年というわけだ。簡単な理屈であろう？』

「な、な……!?」

『たった二千年ほどの寿命で何を驚くことがあるか、人ではないが数千年生きる種もおる上、我はその数万倍は存在しておるぞ』

お前基準の判断はやめろ、人はせいぜい数十年しか生きねえんだよ!!　嘘だろ、俺この世界で二千年も生きていかないといけないのか……。スローライフ（二千年）……。ダメだ、ゲロ吐きそう……。

『ああそうだ、ひとつ言い忘れておった。最初に「保護」と言った通りで、契約もした以上、今後どこへ行こうとも我がずっとお主についていくことになる。お主の守護も祖の命ゆえ』

「はあっ!?」

さらなる追い打ちを受けている俺とは対照的に、ラグドールはウキウキしているようだ。

『しかし楽しみだな、人の娯楽や食文化などに直接触れられるのは。我らは祖に人や生物への直接干渉はできる限り避けるよう指示されておるのだ。だが全契約を結んだ場合は、契約相手を守る義務が生じる故に行動を共にせねばならぬ。つまりお主を経由してなら堂々とそれに興じることができる。トールよ、我は食事などしなくとも生きられるが、味を楽しむのは嫌いではないぞ』

「（こいつ、寿命やら守護やらもあるが、そっちも目的だったのか!?）」

「保護、というのはこう少し遠くから見守る的なのは無理ですかね……？」

『駄目だ、言った通りお主を守護することも契約に含まれている。突然死した際の処理も任されておるしな。従って、多少の距離を少しのあいだ離れるのは構わんが、基本的には行動を共にすることになる。契約した故、どこにいようともお主の場所や状況はつぶさに分かるようになっておる。しかし安心せよ、将来お主が番《つがい》を見つけ一緒に暮らすことになっても我は許容してやる』

そういうことを言ってるんじゃない、こんな巨大な猫を連れ歩き共に生活するのか、今後ずっと？　マジで??

……クーリングオフ制度はありますか？

「……その、今からでもなんとか契約を一部変更するということは可能だろうか？」

『無理だ、契約の破棄・変更は我かお主が消滅する以外の方法がない。つまりお主が寿命で死ぬ以外に破棄されることはあり得ぬ』

俺は膝の力が抜け、ガックリと四つん這《ば》い状態になった。

『さて、我の用は終わった。契約したお主に聞きたい、強大な力を得てこちらの世界で生活することになったわけだが、何を目指しておったのだ？　世界を制する覇王か、悪を滅して回る英雄か、それとも悪逆の限りを尽くす魔王か？』

四つん這い状態からなんとか立ち上がり、ベッドに座って答える。

「まずは東の方にある、ザレというそこそこ発展した都市を目指す」

『ふむ、それから？』

「そしてそこで土地と建物を買う」

『ふむふむ』

「その後、薬屋を開いて『薬師の加護』で薬を作って販売し、最小限の労働で楽して生活する」

『それで？』

「終わりだ。そこでゆったり生活して生きていく。とりあえずは、この世界でまだ見つけていない醤油《しょうゆ》なんかを作りたいな」

ラグドールが盛大なため息をつく。

『なんだ、そのしょうもない目標は』

しょうもない目標で悪かったな。大いなる力はもらっているが、大いなる責任を伴うのは困るんだ。

『まあよい、お主がどうあろうと我が言った通り、多かれ少なかれお主には吉凶問わず面白いことが起こるだろうからな。今までに出会った者どもも聡《さと》い者であればお主の力には薄々気づいておろう、そういう者から何かが来るやもしれぬぞ』

「こちらの世界に来てからで、その最たるものがお前だよ……」

『ハハハ、なかなか言うではないか。先ほどまでの慇懃《いんぎん》な言葉はどうした？　ただ、今の話し方のほうが我としては好みだな』

「全然笑いことじゃねえよ。……もう連れ歩くのは仕方ないとしても、その姿でしかいられないのか？　霧のようになって空中を漂ったりとか、猫のままとしてももっと小さくなるとか、あるいは人みたいな姿になれたりしないか？」

『ふうむ、そんなに困るのか？　この姿は祖から与えられしものなのだ、いわば我が原型と言ってもよい。この国一番の都市を観察すると稀ではあるが大川辺猫を連れ歩いている者がいた故、お主と連れ立って歩くなら都合も悪くあるまいと判断したのだが。お主の問いに答えると、短時間なら可能だが霧になり続けることはできぬ、我の魂の大きさからこれ以上に小さくなることもできぬ。だが人みたいな姿にはなることはできるぞ』

創作物でよくあるような、スーパー美少女に変身できたりするのだろうか？

「ほう、人みたいにはなれるのか。具体的にどういう姿なんだ？」

『そうだな、皮膚の色が薄い青色で、背丈がお主のおおよそ二倍ほどの人だ。この元の姿に引っ張られるから顔は猫に似ているやもしれぬ』

ああ、それなら似たようなのを映画で見たことがあるよ。車いすで生活している主人公が、自分の体を治すためとかで機械を通してその姿になっていたな。劇中では原始的な武器で戦っていた記憶がうっすらある。うっすらというのは途中で寝てしまって中盤から終盤のストーリーが丸々分からないからだ。

「……俺はまだ皇国全土を知らないのだが、そういう人種がいたりするのか？」

『おらぬ』

「じゃあもっとダメじゃねえか！　ハァ〜〜〜〜、もう……。このままが一番マシってことか……」

『おお、そうだ。今後我の呼び名がないと不便だろう、お主が名付けしてくれ』

「……元々の名前はなんだったたか、トゥツォなんとかかんとかだっけ……。こっちの言葉だと水の調整者だったか。じゃあミズーでどうだ？」

『安易な名付けだな……、まあよい。今後は我をミズーと呼ぶがいい。ところで、夜も遅いから今日はもう寝たほうがいいのではないか？』

なんてマイペースな奴だ。自分から押しかけてきてさんざん喋っておいて、今日はもう寝ようぜと促してくる猫か……。あー、モヤモヤするがこれ以上考えても仕方がない、とりあえず寝よう。

『我は眠らずともよい存在ではあるが、お主は寝ないと健康を害するからな。しっかりと休むがいい』

そう言うと、またどっかりと部屋の中で香箱座りをするミズー。

「……」

お前が来なかったらしっかりと休めたよ、と思いながら眠りについた。

目が覚めた、昨日のあれは全部夢だったのではないかという可能性にかけて右の手の甲を見てみたらマークがあった。

『目が覚めたか、今日はどうするのだ？』

部屋にでかいラグドールもいた。やはり残念ながら夢ではなかった。

昨晩はさすがにすぐ寝つけなかったのもあり、寝入る前に状況を改めてじっくり考え直してみた。

とりあえず寿命が約二千年になってしまった、これはもう仕方がない。死んだ後のことなど知らんといっても、さすがに国ごと消滅するのは気が引ける。

精神がそんなに保《も》つのか心配ではあるが、この国でも三百年四百年経ったらテレビゲームができるようになってるかもしれないなど、長く生きることによる希望もなくはない。

幸い、『老若の加護』と呼ばれる寿命に関する加護があるのは本に載るぐらいには知られているのは分かっている。従って、『老若の加護』で年を取りにくいんですよという言い訳がある程度なら通じるはずで、生活上も寿命がそこまでネックにはならないはずだ。国民証の記録面は気になるが。

次に、熊並みにでっかい喋るラグドールのような生物が漏れなくついてくるという点だ。

一応は災いから守護してくれるっぽいし、稀ではあるが一応飼ってる人がいるらしい大川辺猫のフリをさせればなんとかなるか？　ただ、食費が跳ね上がるぐらい大食らいだったりすると困るな。

総合して考えると、まだギリギリではあるが『薬師の加護』で楽してスローライフの夢は潰《つい》えていないと判断した。当初の目標通り、皇都を経由してザレへ目指して進むと決めた。

宿を出て（宿の主《あるじ》には後から大川辺猫を連れ込むのは困るよと散々怒られ追加料金を払うことになったが）、馬車乗り場に向かう。ミズーは俺の横を四つ足で歩いている。大川辺猫を連れているからか、行き交う人からじろじろ見られているのを感じる。

「見て見てお母さん、あのお兄ちゃん、おっきい川辺猫を連れて歩いてるよ!!」

「こらっ、指をさすのはやめなさい」

……少し恥ずかしい。

馬車乗り場で乗合の馬車に乗ろうとしたが、

「お客さん、飼ってるんだろうけどさすがに大川辺猫は乗せられねえよ。後ろをついてこられても迷惑だし、悪いが他を当たってくれねえか」

と、馬車にも乗れなくなってしまった。さすがに今後の行程オール歩きは勘弁してくれないか……。

どうしようかと考えていると、ミズーが近寄ってきて俺にだけ聞こえる声で話しかけてきた。

『お主、馬車で移動するつもりだったのか。なんだ、それなら我が背に乗せて走ってやろうではないか。水の調整者の背に乗ることができるなど、体験した者はこの世におらぬ幸運ぞ』

歩いていくわけにもいかないから、そう言ってくれるなら今後はミズーに乗って移動するか。

「じゃあ、お言葉に甘えてそうさせてもらうか。ただ、振り落とされるぐらい速く走るのはやめてくれよ」

『心得た。では我が背に乗るがいい』

そう言われたのでミズーにまたがる、ふわふわしてはいるが何か若干ヒヤッとするというか湿っぽいというか、そういう感じがするのは水の調整者だからだろうか？

『では、しっかりつかまっておけ』

ミズーが走り出すと、馬車を追い抜く程度には速い速度だ。馬車よりも、ずっとはやい!!　とでも言おうか。

「お父さん、あのお兄ちゃんおっきい川辺猫に乗ってるよ!!　いいなあ、私も猫に乗りたい！」

「危ないから馬車から乗り出すのはやめなさい」

……やっぱり、少し恥ずかしい。

エピローグ　ある日のある場所のある人

唄《うた》を生業《なりわい》に気ままな旅を続けている一人の女性がいた。彼女の人生はとにかく長い。それ故に旅は皇国内に留《とど》まらず、王国や小国群に足を運ぶこともあった。

しかし、旅の中で知識が増えるのに喜びや楽しさを感じる反面、人と深く知り合うのは躊躇《ためら》っていた。

彼女は美しい銀髪に整った顔立ちをしている。それゆえに自らが動かずとも、声をかけられることも少なくはない。だが、誰が声をかけようと常にそっけない態度を示す。なぜなら「時間」という大きな壁が両者の間にそびえ立つからだ。これは『加護』でもあり枷《かせ》でもあり呪いでもあるだろう。彼女は常に孤独なのだ。

そんな彼女がとある森を町に向かって歩いていた時だった。遠くから悪意のようなものを感じた。見ると金色の毛皮を纏《まと》った巨大な狼《おおかみ》がこちらの様子を窺《うかが》っている、あれは金色狼と呼ばれる二級害獣だ。気まぐれに狩らんとしているのか、ならばと彼女は鞘《さや》から武器を抜いた。

彼女からすれば普通に近づいただけ、金色狼からすれば一瞬で目の前に女が現れる。彼女は刃の付いたレイピアのようなやや短めの剣で前足を斬りつけ、考え込むようなしぐさを見せる。

斬りつけられた金色狼は驚き、その後に彼女を凝視して、あたかもおぞましいものが見えているかの如《ごと》く恐れ慄《おのの》いている。金色狼には何が見えているのであろうか？

金色狼は全力で彼女から飛びのき脱兎《だっと》のごとく逃げ出した。彼女は追うつもりも殺すつもりもないのか、ゆったりとした仕草で剣の血をボロ布で拭《ぬぐ》って鞘に納める。そしてまた町に向かって歩き出す。

普通の人はもちろんのこと、二級害獣であろうと彼女の敵ではない。

彼女の気ままな旅はこれからも続いていく。だが、今は知らない。近いうちに切望している対等に付き合える人間と出会うことを。

閑話　その後のエッポン

時はザームエルらと別れた頃に遡《さかのぼ》る。

「まだ十七にもかかわらず既に二級害獣狩人・二級賞金首狩人・二級護衛者たるお主より強い男となると、皇国に百人もいないと思うがのう…」

そういうエッポンに表情を変えることもなくアライダは答える。

「皇国は広いので探せばいると思います。幸い、私はまだ若いので猶予がありますので。ところで、御屋形様。これからどうなさりますか？　しばらくしてからヴィースバーデ州に帰りますか？」

「いや、身内の恥については一段落ついた。ベルンで少し休んでから北の方へ向かい、湯治をしたいと考えておってな。その後、ヴィースバーデに戻るつもりじゃ」

「なるほど、ではバードーラン州へ？」

「うむ。ゲスタフの件もある、しばらくここジーゲー州を回ってからバードーラン州へ行く。その後ヴィースバーデへ帰るついでに、皇都に寄っていこうと思っておってな。昔馴染《むかしなじ》みのところに顔を出したい」

「承知しました。皇都にはブフマイヤーをはじめとする名だたる猛者がおりますゆえ、私も楽しみです。そして、ヴィースバーデにはない新しい甘味にも期待できそうです」

アライダは相変わらずだなと思いつつ、エッボンは皇都で会おうと思っている旧知の仲たるシンデルマイサーを思い出す。中央に勤めているシンデルマイサーとは若い頃、色々やりあったものだ。年を取って第一線から退いてからは、現役時代には考えられなかった穏やかさで不定期に会って交友を深めている。お互い年を取り丸くなったということだろうか？

おそらく今回の一件もいずれシンデルマイサーの耳に入り、わしが直接関わったということであると程度察されてしまうだろうな。

あの性格の奴がゲスタフのことを知ったら烈火の如く怒って、トール殿のやったことは当然のことだとまで言い出しかねん。その様子を思い浮かべ、自嘲《じちょう》気味に少し笑った。

「御屋形様、一旦《いったん》ベルンの宿に戻りましょう」

「そうだな」

既にザームエルらを乗せた馬車は進み、見えなくなっている。ベルンの宿に戻りながら、昔はこの程度で疲れたりしなかったなと年を取ったことを痛感するエッボンだった。

MFブックス

転《てん》生《せい》薬《くす》師《し》は昼《ひる》まで寝《ね》たい 1

2024年10月25日　初版発行

著者　クガ

発行者　山下直久

発行　株式会社KADOKAWA
〒102-8177　東京都千代田区富士見2-13-3
0570-002-301（ナビダイヤル）

印刷　株式会社広済堂ネクスト

製本　株式会社広済堂ネクスト

ISBN 978-4-04-684169-8 C0093　　Printed in JAPAN

◇◇◇

担当編集　小島譲

ブックデザイン　AFTERGLOW

デザインフォーマット　AFTERGLOW

イラスト　ヨシモト

本書は、カクヨムに掲載された「転生薬師は昼まで寝たい」を加筆修正したものです。

～元勇者の俺、自分が組織した厨二秘密結社を止めるために再び異世界に召喚されてしまう～
Sty
ill. 詰め木
SHIO NO KIKAN
屍王の帰還
The Return of the Corpse King
再召喚でかつての厨二病が蘇る!?
黒歴史に悶えながら、
再召喚×配下最強ファンタジー爆誕!!
元勇者日崎司央は再召喚される。秘密結社ヘルヘイムの暴走を止めるために。しかし、実はその組織、かつて厨二病を患っていた彼が「屍王」と名乗り組織した、思い出すも恥ずかしい黒歴史だった!?
よくもまあ昔の俺はこんな恥ずかしいことノリノリでやってたよ!
MFブックス新シリーズ発売中!!

AUTHOR
MIYABI
ILLUSTRATOR
ニシカワエイト
ヴィーナスミッション
VENUS MISSION
～元殺し屋で傭兵の中年、勇者の暗殺を依頼され異世界転生！～
女神からの依頼は、
勇者32人の暗殺!?
——チート能力で暴走する勇者たちを抹殺せよ。
元殺し屋の男は、女神から「暴走する勇者32人の暗殺」を依頼され異世界に転生する。前世の戦闘技術や魔法を駆使し、暴走する勇者達を殺害していくが、同時に召喚に関する陰謀や女神の思惑にも巻き込まれてしまう——。
MFブックス新シリーズ発売中!!

勇者な嫁と、村人な俺。
～俺のことが好きすぎる最強嫁と
宿屋を経営しながら
気ままに世界中を旅する話～
池中織奈 illしあびす
「結ばれたその“後”の二人」
「魔王討伐“後”の世界」
――これは、二つの“その後”の物語
歴代最強の美しき勇者ネノフィラー、ただの村人ながら時空魔法を極めたレオニード、そしてやんちゃなドラゴンのメルセディス。これは、そんな三人が魔王討伐後の平和な世界で自由気ままに移動式宿屋を経営する物語。
MFブックス新シリーズ発売中!!
MFブックス

赤ん坊の異世界ハイハイ奮闘録
そえだ信
イラスト：フェルネモ
不作による飢餓、害獣の大繁殖。
大ピンチの領地を救うのは、赤ちゃん!?
体力担当の兄・ウォルフと、頭脳担当の赤ん坊・ルートルフ。
次々と襲い来る領地のピンチに、
男爵家の兄弟コンビが立ち上がる!!
がんばる2人を応援したくなる、領地立て直しストーリー!!
MFブックス新シリーズ発売中!!
MFブックス

最強ポーター令嬢は
好き勝手に山で遊ぶ
~「どこにでもいる
つまらない女」と
言われたので、
誰も辿り着けない
場所に行く
面白い女に
なってみた~
富士伸太
イラスト：みちのく.
STORY
貴族令嬢のカプレーは、婚約破棄をきっかけに前世の自分が、
登山中に死んだ日本人であったということを思い出す。
新しい人生でも登山を楽しむことにした彼女は、
いずれ語り継がれるような伝説の聖女になっていて!?

家臣に恵まれた
＼転生貴族の／
幸せな
日常
KASHIN NI MEGUMARETA TENSEIKIZOKU NO SHIAWASE NA NICHIJOU
企業戦士
イラスト：とよた瑣織
異世界転生した先は、二つ名が『魔人』の武闘派貴族！
領民は0。領地はほとんど魔獣の巣。
だけど家臣の忠誠心は青天井！
彼は優秀な家臣達と、時に力を合わせ、時に力技で
困難を乗り越え、幸せな日常を送る！
※頭を空っぽにして
読むことを推奨しております。
第8回 カクヨム Web小説コンテスト 異世界ファンタジー部門
特別賞 受賞作！
MFブックス新シリーズ発売中!!
MFブックス

辺境の魔法薬師
自由気ままな異世界ものづくり日記
えながゆうき
イラスト：パルプピロシ
STORY
ある日女神に「私の世界の魔法薬を改革してほしい」と頼まれ転生すると、そこでは「最低品質」「ゲロマズ」「もはや毒」の三拍子が揃った悪夢のような魔法薬がはびこっていた！　辺境伯家の三男ユリウスとして転生した俺は、前世のゲームスキルを活かし魔法薬改革をスタートさせる。
激マズ魔法薬を発展させながら、
のんびりものづくりスローライフを楽しみます。
第7回カクヨムWeb小説コンテスト
異世界ファンタジー部門
特別賞
受賞作

MFブックス既刊

「こぼれ話」の内容は、
あとがきだったり
ショートストーリーだったり、
タイトルによってさまざまです。
読んでみてのお楽しみ！

アンケートに答えて著者書き下ろし「こぼれ話」を読もう！

よりよい本作りのため、
読者の皆様のご意見を参考にさせて頂きたく、
アンケートを実施しております。

奥付掲載の二次元コード（またはURL）にお手持ちの端末でアクセス。

↓

奥付掲載のパスワードを入力すると、アンケートページが開きます。

↓

アンケートにご協力頂きますと、著者書き下ろしの「こぼれ話」がWEBで読めます。

- PC・スマートフォンに対応しております（一部対応していない機種もございます）。
- サイトにアクセスする際や、登録・メール送信時にかかる通信費はご負担ください。
- やむを得ない事情により公開を中断・終了する場合があります。